書下ろし

青不動

風烈廻り与力・青柳剣一郎㉖

小杉健治

祥伝社文庫

目次

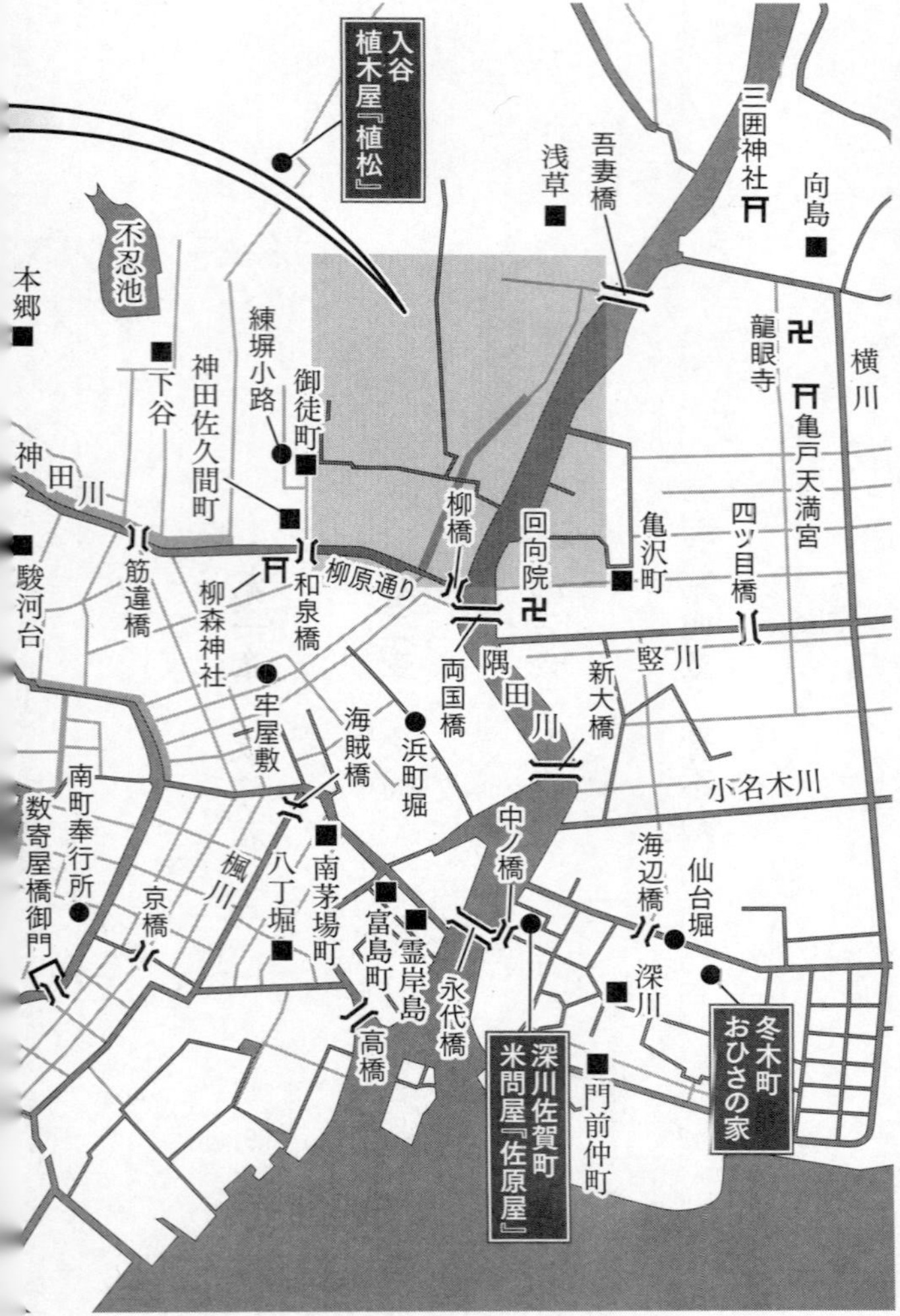

入谷
植木屋『植松』
三囲神社
向島
吾妻橋
浅草
不忍池
本郷
下谷
練塀小路
御徒町
神田佐久間町
龍眼寺
横川
亀戸天満宮
神田川
柳橋
回向院
亀沢町
四ツ目橋
駿河台
筋違橋
柳原通り
和泉橋
柳森神社
両国橋
隅田川
竪川
新大橋
牢屋敷
海賊橋
浜町堀
小名木川
南町奉行所
数寄屋橋御門
京橋
楓川
八丁堀
南茅場町
富島町
霊岸島
永代橋
中ノ橋
海辺橋
仙台堀
深川
高橋
深川佐賀町
米問屋『佐原屋』
門前仲町
冬木町
おひさの家

御蔵前片町
札差『上州屋』『堺屋』
元旅籠町
札差『生駒屋』
龍宝寺
三味線堀
元鳥越町
森田町
鳥越橋
天王町
猿屋町
『猿屋町会所』
浅草界隈
江戸城
霊南坂
北
東
西
南

「青不動」の舞台

第一章　復讐者《ふくしゅう》

一

ようやく東の空が白みはじめた。三月四日の早朝、おとよは女中に声をかけて裏口から外に出た。

店のほうでは手代や丁稚《でっち》が掃除をはじめ、台所では下女が朝餉《あさげ》の支度《したく》をしていた。

行き先はすぐ近くにある浄念寺《じょうねんじ》である。四ヶ月前に夫の咲右衛門《さきえもん》が亡くなってから体調を崩《くず》し、床《とこ》に就《つ》いていることが多かった。

ようやく最近になって、起き上がれるようになった。

梅は三、四分咲いており、浄念寺境内《けいだい》に流れ込む風にも春の匂いがする。だが、おとよの体の中にはいまでも冷たい風が吹き込んでいるようだった。

おとよは枝を四方に広げた榧《かや》の樹の下に立った。緑の葉が頭上を覆《おお》っている。木漏《こも》れ日が太い枝を見つめるおとよの顔を照らしていた。

「おまえさん」

無意識のうちに、おとよは呼びかけていた。

「さぞかし無念だったでしょう。恨《うら》みを晴らしてやれなくてごめんなさい」

またも、あのときの衝撃と悲しみが蘇《よみがえ》ってきた。

四ヶ月前の去年の十一月五日の朝、頭の上にある太い枝に帯をかけて首をくって死んでいた夫の咲右衛門が発見されたのだ。おとよが駆《か》けつけたとき、夫はすでに地べたにおろされており、枝から垂《た》れた帯が風に微《かす》かに揺れていた。

咲右衛門は元旅籠町《もとはたごちょう》二丁目の札差《ふださし》『生駒屋《いこまや》』の主人である。先代から跡を継《つ》いで一年、まだ三十五歳だった。

確かに、夫は死ぬ数日前から何かに悩んでいたようで、おとよの問いかけに上《うわ》の空だったりした。何を悩んでいるのか訊《たず》ねても、答えてはくれなかった。

葬式に訪れたひとの中から妙な噂《うわさ》が囁《ささや》かれた。

暮らしに困窮《こんきゅう》している小禄の旗本・御家人の多くは何期も先の俸禄米《ほうろくまい》を担保に札差から借金をしている。『生駒屋』と取引をしている御家人のひとりは咲右衛門からこれまでの利子を払わなければ新たな金は貸せない、どうしても金を貸して欲しければ妻女を一晩貸せと迫《せま》られた。窮したその御家人は妻女を殺し、自分も腹を切って死んだ。さすがの咲右衛門もこのことで悩んでいた。

そんな噂がまことしやかに囁かれた。御番所の役人もこの噂を信じたのか、それから数日後に自害という結論になった。

誰がでたらめを流したのかわからない。その噂が嘘《うそ》だとわかったのは、どこにも自害をした侍がいないことがわかってからだ。

だが、その噂が嘘だったと明らかになっても、夫が自害したという結論は変わらなかった。

夫は自ら死んだのではない。誰かに殺されたのだ。そう思っても証拠はなく、誰も信じてくれなかった。

夫の死後、『生駒屋』はおとよが跡を継ぎ、番頭の吉蔵《きちぞう》とおとよの弟の光太郎《こうたろう》の力を借りて商売を続けている。十歳の長男が一人前になるまで、おとよが頑張らねばならず、商売に心魂を傾《かたむ》けているが、夫の無念を忘れたことはない。

おとよは月違いの命日には毎日、ここにやって来る。そして、夫の無念を我がことのように胸に叩き込む。

夫が何を悩んでいたのかを調べ、そして夫がなぜ殺されねばならなかったのか、誰が夫を殺したのかをこの手で探り出したい。そう思っても、女の身一つでは何も出来ないことが悔《くや》しかった。

「おまえさん、ごめんなさい」

真相を暴《あば》くことが出来ない我が身のいたらなさを嘆《なげ》いていると、近付いて来る足音を聞いた。顔を向けると、袈裟《けさ》を着た住職がこっちに向かって来た。

「これは和尚《おしょう》さま」

おとよは頭を下げた。

「きょうもお出でてしたな」

慈悲深い目を向けて、住職は言った。小さな顔に深い皺《しわ》が浮いている。

「はい。このような場所で亡くなり、和尚さまにご迷惑をおかけしたことをお詫《わ》びいたします」

「何の」

住職は手を横に振った。

「どのくらいお経ちになりますかな」

「はい。四ヶ月にございます」

「もう四ヶ月か」

「はい。いまだに夢に出て参ります。自害したことにされ、夫も成仏《じょうぶつ》出来ないのだと思います」

「自害したことにされ？」

住職が訝《いぶか》しくきき返した。

「はい。私は夫が自害したとは思っておりません。確かに夫は悩みを抱えていたようですが、そのことで自害をするような弱い人間ではありません」

おとよは悔しい思いを吐《は》き出すように言った。

「生駒屋さんは自害ではなかったと？」

細い目を見開いて言う。

「はい。夫は殺されたと思っています。でも、証拠はないので、誰もとりあってくれませんでした」

「何か、自害を疑《うたが》わせるものはないのですか」

おとよの真剣な訴えが心に響いたのか、住職はきき返した。

「それが……」

何もないのだ。ただ、自分の勘だけだ。

「ただ、夫と私と子どもの三人で、一の酉《とり》に行く約束をしていたのです。その約束をしたのは亡くなる前日でした。帰りに、料理屋で食事をしようと子どもに約束していました。そんな夫が自ら死ぬなんて考えられません。きっと、誰かに……」

殺されたという証拠もない。夫はひとから恨まれるような人間ではない。だから、何のために殺されねばならなかったのかも見当がつかない。しかし、逆恨みか、何らかの事件に巻き込まれたのかもしれない。

住職は少し考えていたが、ふいに顔を上げ、

「内儀さん。どうでしょうか。青柳《あおやぎ》さまに一度、ご相談なさったら」

と、口にした。

「青柳さま？　ひょっとして青痣《あおあざ》与力の？」

「そうです。青柳剣一郎《けんいちろう》さまは正義のひととしてばかりでなく、ひとの心がわかり、慈悲《じひ》深いお方です。私は何度かお会いしておりますが、その人柄には感服しております。ぜひ、お訪ねしたらいかがでしょうか」

「でも……」

「青痣与力と呼ばれるようになった所以《ゆえん》はご存じかと思いますが、青柳さまは与力になりたての頃に押し込み事件に遭遇。多勢の押し込み犯がいる中に単身で乗りこみ、賊《ぞく》を全員退治しました。そのとき頰《ほお》に受けた傷が青痣として残ったのですが、その青痣は、勇気と強さの象徴として、ひとびとは畏敬の念をもって青痣与力と呼ぶように

なったのです。ぜひ、青柳さまに相談なさい」

「でも、証拠はないんです。単に自分の思い込みだけを話して、青柳さまが信じてくれるでしょうか。だって、自害だと決めつけたのは、青柳さまのいる南町奉行所の検使与力と同心なのです」

おとよは不安を口にした。だが、不安はそれだけではない。

青痣与力は貧しい者、弱い者の味方だと聞いている。しかし、おとよは札差の女房なのだ。

『生駒屋』は札差の中では中堅どころの店かもしれないが、札差といえば酒問屋、材木商などと並んで富豪の商人だと思われている。そんな人間の訴えを真面目にとりあってくれるだろうか。訴えて、悔しい思いをするだけかもしれない。それより第一、会ってくれるかもわからない。

そのことを口にすると、住職は即座に否定した。

「青柳さまには金持ちも貧しい者も関係ありません。そのようなことは心配無用」

「でも、御番所に行ってもお会い出来るかどうか……」

おとよは不安を口にした。

「八丁堀《はっちょうぼり》のお屋敷を訪ねるのです。奥方の多恵《たえ》さまは町のひとたちの悩みの相談に乗ってやっていらっしゃると聞いたことがあります。もし、青柳さまに会うのに抵抗がおありなら多恵さまに相談なさるとよろしい。きっと、悪いようにはなさらないと思います。ぜひ、そうなさい」

住職の言葉に心が動かされた。

「多恵さまですね」

だめでもともとだ。一度、多恵さまに会いに行こうと思った。

「そうそう、青柳さまを訪問するからといって多額な付け届けや高価な品物を持参する必要はありません。そのようなもので気持ちが左右されるひとたちではありません」

「わかりました」

おとよが礼を言うと、住職は成功を祈るように合掌した。

翌日の昼下がり、店を番頭の吉蔵に任せて、おとよは家を出た。

京橋《きょうばし》を渡ってから、楓川《もみじがわ》にかかる海賊橋《かいぞくばし》を渡った。こっちのほうには茅場町《かやばちょう》の薬《やく》師《し》さまにお参りにくるので、そこまでの土地鑑はあった。だが、その先の与力町《よりきちょう》に入るのははじめてだった。

薬師堂の前を通り、やがて与力の屋敷が並んでいる一帯に出た。与力の屋敷は冠木《かぶき》門《もん》でどこも三百坪ほどの敷地があった。

出入りの商人らしい男が通り掛かったので、およよは声をかけた。

「もし、ちょっとお訊《たず》ねいたします」

商人らしき男が立ち止まった。

「青柳さまのお屋敷がどちらかご存じでしょうか」

「ああ、青柳さまならそこの角を曲がって三軒目ですよ」

おとよは礼を言って先に進み、教えてもらったように角を曲がった。

三軒目の冠木門の前に立った。少しためらったが、お会いするのは多恵さまだ。女同士、怖いものはないと腹をくくって思い切って冠木門の潜《くぐ》り戸を押した。

中に入り、まっすぐ敷石を踏んで玄関に向かった。

「お訪ねいたします」

おとよは奥に向かって呼びかけた。

待つほどのことなく、三十過ぎと思える丸髷《まるまげ》の美しい女が裾《すそ》を引いて現れた。凛《りん》として、どことなく気品を漂《ただよ》わせている。

「いらっしゃいませ」

にこやかな笑みを浮かべ、迎えてくれた。このお方が多恵さまだろうと思った。

ふつう武家の妻女は奥を守り、玄関には出て来ないが、与力の妻女だけは玄関で客を迎えるというのはほんとうだったと、おとよは思った。

「私は元旅籠町の札差『生駒屋』の内儀で、おとよと申します。多恵さまでいらっしゃいますか」

「はい。多恵にございます」

ほっとして、

「多恵さまにお話を聞いていただきたいことがあって参りました」

おとよはすがるように訴えた。

「そうですか。まあ、ともかく、お上がりください」

「はい」

おとよは式台に上がった。

すぐ脇にある客間に通された。

いったん、奥に行った多恵はすぐに戻ってきた。

「お待たせいたしました」

多恵はおだやかな口調で言った。

「突然、お邪魔して申し訳ございません。じつは青柳さまにお願いしたいことがございましたが、その前に多恵さまにご相談申し上げ、そのうえで青柳さまにお会いするかどうかを決めようと思いまして」

おとよは気持ちを正直に話した。

「そうですか。どうぞ、どのようなことでもお話しください」

「ありがとうございます」

そのとき、襖《ふすま》の外で女の声がした。

「失礼します」

襖を開けて入って来た若い女を見て、おとよはもう一度目を瞠《みは》った。美しく華やかな感じだ。眉《まゆ》を剃《そ》り、歯を染めているから人妻だ。

「どうぞ」

茶を出した。

「ありがとうございます」

「倅剣之助《せがれけんのすけ》の嫁の志乃《しの》です。こちらは、『生駒屋』の内儀のおとよさん」

多恵が話す。

「志乃でございます。どうぞ、ごゆるりと」

志乃が出て行った。

「なんとお美しいお方でございましょう」

おとよは感嘆した。

「ありがとうございます。さあ、どうぞ。これは宇治《うじ》のお茶です。上役の奥さまから頂戴いたしました」

多恵はお茶を勧めた。緊張を和《やわ》らげようとする心配りがよくわかった。

おとよは茶をすすった。まろやかな香りが口の中に広がり、不思議なことに気負いのようなものがすっと消えた。

そのことがわかったかのように、多恵が言った。

「さあ、お伺《うかが》いいたしましょうか」

「はい。じつは四ヶ月前の去年の十一月四日の夜、夫の咲右衛門が亡くなりました。翌五日の朝になって、近くのお寺さんの境内にある榧の樹の枝に帯を巻いて首をくって死んでいるのが発見されました」

「まあ」

多恵は美しい顔をしかめた。

「夫は数日前から何かに悩んでいるようでした。でも、決して、夫は自ら死を選ぶような人間ではありません。仮に死ぬとしたら、私や子どもに遺言状を残したはずです。それも、ありませんでした」

「咲右衛門どのは、何時ごろ、お出かけになられたのですか」

「暮《くれ》六つ（午後六時）の鐘を聞く前です」

「そのとき、なんと仰《おっしゃ》って？」

「ひとと会うので、帰りは遅くなるかもしれない。そう言って、ひとりで出かけました」

「誰と会うのか聞いていなかったのですね」

「はい。聞いていません」

「そのときの様子も暗い感じだったのですか」

「はい。なんだか悩んでいるようでした」

「気の進まない相手だったのかもしれませんね。何か頼まれて、その返事をしなければならなかった。だから、心が晴れなかったのかもしれませんね」

「はい」

「やはり、商売上のことのように思えます」

　多恵は断片的な話だけで、ひとつの筋を頭の中で構築出来るようだ。

「何かご商売のことで気がかりなことはございませんでしたか。十一月といいますと、前月の十月は蔵米の支給があったはずですが、そのことで札旦那ともめごとがあったということは？」

札差からみて蔵米取りの武士たちを札旦那と呼んだ。多恵はその方面の知識もあった。

「いえ、聞いておりません。ただ……」

おとよは迷ったが、やはり正直に話すことにした。

「夫の葬式のとき、集まった弔問客《ちようもん》がこんな噂話をしていました」

『生駒屋』と取引をしている御家人のひとりが咲右衛門からこれまでの利子を払わなければ新たな金は貸せない、どうしても金を貸して欲しければ妻女を一晩貸せと迫まられた。窮したその御家人は妻女を殺し、自分も腹を切って死んだ。さすがの咲右衛門もこのことで悩んでいた。

「そういう噂がまことしやかに流れました」

「それは、きっと誰かが意図的に流したのでしょう。おとよさん」

多恵は改まった。

「しかと承《うけたまわ》りました。夫に話しておきます」

「では、私の申すことをわかっていただけたのでしょうか」

「もちろんです。四ヶ月も放っておかれて痛ましいことでした。決して悪いようにはしません」

「ありがとうございます」

おとよはもう深く感じ入った。誰もが信じようとしなかった話を聞いてくれたばかりでなく、信用出来るか否か、このお方はとっさに考えて決めてくれた。おとよはうれしくなった。

「ご主人を亡くされ、たいへんだと思いますが、子どものため、お店のために頑張ってください。ご主人の無念はきっと晴れましょう」

剣一郎の屋敷を辞去し、元旅籠町の『生駒屋』に帰った。

「お帰りなさいませ」

番頭の吉蔵が迎えた。

「なにもありませんでしたか」

「はい」

「そうですか」

「内儀さん」

吉蔵が呼び止めた。

「なんだか、きょうの内儀さんは晴れやかな顔をなさっています。久しぶりに、明るいお顔を拝見いたしました」

「そんなに違いますか」

おとよは顔に手をやった。

「ええ、いつもは内儀さんの顔を見るとこっちの胸も痛くなりました。そのお顔なら奉公人も安心いたします」

「番頭さん。ありがとう」

「いえ」

吉蔵もうれしそうだった。

おとよは軽い興奮を引きずっていた。多恵の人柄に胸を打たれた。行ってよかった、と思った。この四ヶ月間のもやもやした思いがすっと晴れたような気がした。

おとよは仏間に行き、仏前に座った。

「おまえさん。青柳さまの奥さまが私の言うことを信じてくださったんですよ。きっと、青柳さまが真実を明らかにしてくれます。もう少し待っててくださいね」

おとよは灯明を上げ、手を合わせた。

二

翌日の昼下がり、剣一郎は元旅籠町二丁目から新堀川《しんぼりがわ》のほうに足を向けた。やがて、浄念寺の山門に出た。門前には茶屋や花屋などが並んでいる。

剣一郎は山門をくぐって境内に入った。右手の鐘楼《しょうろう》の奥にある大きな榧の樹の下に行った。

立派な樹である。太い枝が横に突き出ている。剣一郎は深編笠を上に押しやり、頭上を見上げた。

これが咲右衛門がぶらさがっていた枝であろうと剣一郎は思った。

昨夜、奉行所から帰宅した剣一郎は多恵から札差『生駒屋』の内儀およよが訪ねて来た話を聞いた。

去年の十一月五日の朝、『生駒屋』の主人咲右衛門がここで首をくくっているのを寺男によって発見された。

奉行所は自害として処理したが、およよは納得行かずに悶々《もんもん》とした毎日を送っていたが、浄念寺の住職に勧められて、八丁堀の屋敷にやって来たということだった。

多恵はおとよの疑問は当然だと言った。自害には疑わしい点がある。仮にほんとうに自害だったとしても、奉行所は残された家族のためにそれらの疑問を解決してあげるべきだったのではないかと意見を述べた。

今朝、剣一郎は奉行所に出仕してから、記録を調べた。同心が駆けつけたとき、すでに死体は下ろされていた。首をくくるのに使ったのは咲右衛門自身の帯だった。

何人もの人間が死体を下ろすのを手伝ったので、樹の周辺は複数の足跡が重なって残っていた。つまり、前夜についた足跡かどうかの見極めは出来なかったという。

山門前の花屋の亭主が前夜の夜四つ（午後十時）近くに山門を入っていく男を見ていた。おそらく、咲右衛門であったろうと思われた。

さらに、家人が咲右衛門は数日前から悩んでいたと言っており、札差仲間も何かで苦しんでいたと証言をしているので、書き置きはなかったが、自ら死んだものとして始末をつけたようだ。

咲右衛門の妻女おとよは、はじめから自害ではないと訴えていたという。

しかし、奉行所では妻女の訴えを無視し、自害したものとして見たようだ。

仮に、おとよの言うように、自害ではないという目で見ていたらどうだろうか。

剣一郎は樹の枝を見上げる。もし、第三者が大の男を枝からつり下げるとなると、

ひとりでは難しい。少なくともふたり必要ではないか。

剣一郎はその光景を想像してみた。

ふたりの男の足元に咲右衛門が横たわっている。気を失っている。ひとりの男が咲右衛門の帯をとり、一方の端を首に巻く。そして、長い方を樹の枝に渡す。もうひとりの男が　衛門を抱《かか》え上げる。枝に巻いた帯を引く。もうひとりの男に抱き抱えられたそ　が引き上げられる。

　りの状態にした……。

　咲右衛門の腹部に痣があったという。なんの痣だったか、言
　絶をしていた可能性もあるのだ。

　、商家の内儀ふうの女が歩いてくるのが目の端に入っ
　もしやと思い、剣一郎は女を待った。多恵

「数
「きいても
おとよはやりきれた
「商売上で何かなかったのか」
吉蔵にきく。

「いえ、特にはありません」

「葬儀のときに集まった弔問客の中から妙な話が出たということだが？」

「まったくの出鱈目《でたらめ》です。切腹したお武家さまはいらっしゃいませんでした。夫に自害をする理由がないので、誰かが勝手に想像をしたのが、まことしやかに人びとに伝わってしまったのです」

「誰が最初に言い出したかはわからぬだろうな」

「はい、わかりません」

「咲右衛門が亡くなる前後で、何か変わったことはなかったか。商売上のことでもよいし、私ごとでも構わぬが」

「いえ、思い当たることは……」

「咲右衛門に外に女がいたようなことはないのか」

「いえ、ありません」

おとよはきっぱりと答えた。

「旦那さまに限って、外に女がいるようなことは断じてありません。とても、内儀さんを大事にしておりました」

吉蔵も言い添えた。

「札旦那との間でもめごとは何もなかったか」

札差から何期も先の蔵米を担保に金を借りていた武士が、さらに何年も先の蔵米を担保に金を借りようとした。そこで、貸せ貸せないの言い合いがあった。そういうもめごとがなかったのか。

「いえ、ありません」

吉蔵は答えたあとで、

「ただ……。ちょっと妙なことが」

と、何かを思い出したようだ。

「何か」

剣一郎は話を促《うなが》した。

「じつは御家人の金井忠之助《かないちゅうのすけ》さまのことでございます。金井さまには何期も先の蔵米を担保に金をお貸ししております。したがって、これ以上はお貸し出来ないのですが、旦那さまは金井さまに百両をお貸しになりました」

「なに、百両とな」

「はい。私はなぜ、金井さまにお貸しするのですかとききましたが、旦那さまはすぐ返って来る金だからと」

「すぐ返ってくる金？」

「はい」

「それで、その金はすぐに返って来たのか」

「はい。十日ほどして返って来ました」

「返った？」

剣一郎は首を傾げた。いったい、どういうことなのか。

「金井忠之助どのの屋敷は？」

「御徒町《おかちまち》でございます」

「御徒衆か。金井どのに会って事情をきいてみよう」

剣一郎が言うと、おとよが困惑した顔になった。

「金井さまはお亡くなりになりました」

「なに、亡くなった？」

「はい。急の病で去年の十二月の初めでした」

「なんと」

咲右衛門の死からひと月後だ。不可解な百両の貸し借りと、その当事者の死。何かあるとしか思えない。

少しでも疑いがあれば調べるのは当然だ。剣一郎はその他、いくつか訊ねたが、手掛かりになるようなものは聞くことは出来なかった。

最後に、札差仲間の惣頭格の札差の名を聞いて、『生駒屋』を辞去した。同じ町内にある、『十徳屋《じっとくや》』という大きな札差だ。

剣一郎は『生駒屋』から札差の『十徳屋』にやって来た。

店先に入り、帳場格子の向こう側に座っている番頭ふうの男に主人への取次ぎを頼んだ。左頰を見て、青痣与力とわかったらしく、番頭はあわてて立ち上がった。

番頭はすぐに戻って来た。

「どうぞ、お上がりください」

番頭の案内で、帳場の隣の小部屋に入った。

しばらくして、恰幅《かっぷく》のよい四十絡みの男が入って来た。渋い顔立ちで、吉原《よしわら》や深川《ふかがわ》で、派手に遊んでいるという噂を聞いたことがある。

「これは青柳さまで。『十徳屋』の長十郎《ちょうじゅうろう》でございます」

『十徳屋』は享保《きょうほう》九年（一七二四年）に株仲間が出来て以来、ずっと商売を続けて来た古株であり、札差組合の代表であった。

「『生駒屋』のことで、訊ねたいことがある」

「『生駒屋』さん？」

長十郎は真顔になった。

「死んだ咲右衛門のことだ」

「ああ、咲右衛門さんのことですか。もう、四ヶ月になりましょうか。どんな事情があって自ら死を選んだのか」

長十郎はやりきれなさそうな顔をした。

「そのことだが、自害と決めつけたのは早計な気がする」

「えっ？　自害ではないと？」

長十郎は意外そうな顔をした。

「いや、その証拠が見つかったわけではない。ただ、自害だとするにも少し疑問がある。そこで、訊ねたいのだが、咲右衛門は死ぬ数日前から何かで悩んでいたらしい。その悩みに心当たりはないか」

「いえ。元気がないことは気づいておりましたが、どんな悩みを抱えているかはわかりません」

「じつは、咲右衛門は札旦那の御家人金井忠之助に百両の金を貸している。何期も先の蔵米を担保に金を貸しているので、あらたに百両を貸すことなどあり得ないと番頭は申している。にも拘《かか》わらず、咲右衛門は勝手に百両の金を貸している。このようなことはあるのか」

「そうでございますね。ただいまの金井さまと同じように、先のほうまで蔵米を担保にしているお武家さまはたくさんいらっしゃいます。そうなると、新たな借金は出来ません。そこで、そういうお武家さまは店先で刀をちらつかせて金を出させようとしたり、場合によっては腕の立つ浪人者を家来として雇い、札差の家に差し向けて強引に金を借り出そうとする者もおります。どの札差でも同じような目に遇《あ》っているのではないでしょうか。それほど、お武家さまは暮らしに困窮しているということです」

「金井忠之助もそうだと言うのか」

「はい、その可能性があるかもしれません」

長十郎は眉をひそめ、

「咲右衛門さんは何か弱みを握られていたのではないでしょうか」

と、きいた。

「恐喝されていたというのか」

「はい。ふつうなら百両を貸し出すなんてあり得ません。よほど、脅《おど》されたのではないかと思ったのですが」

「だが、その後、百両は返されているそうだ」

「返された?」

「そうだ。最初から、そういう約束で百両を貸したらしい。これが、どういうことかわからぬか」

「さあ」

長十郎は小首を傾《かし》げた。

「その金井さまはなんと仰っているのでございましょうか」

「金井どのは亡くなったそうだ」

「なんと」

「このことが咲右衛門の死と関係があるかどうかわからぬが、気になるのだ」

「まこと、妙なことでございます」

「それから、咲右衛門の葬儀のときに、ある噂が流れたそうだが、覚えておるか」

「『生駒屋』と取引をしている御家人のひとりが咲右衛門からこれまでの利子を払わなければ新たな金は貸せない。どうしても金を貸して欲しければ妻女を一晩貸せと迫られた。窮したその御家人は妻女を殺し、自分も腹を切って死んだ。そういう噂でございました」

「誰が最初に言い出したのかはわからぬか」

「さあ、大勢おりましたから、誰が言い出したものやらわかりません」

「その噂をみな信用したのか」

「信用したものも多かったと思います。私のように咲右衛門さんと親しくしていた者でも、ひょっとしたらと思いましたから。結局は嘘だということがわかりましたが、自害したお武家さんがいないということがわかるまで半月近くかかりました」

「そうか。わかった」

剣一郎は礼を言い、腰を浮かせた。


その夜、夕餉のあと、剣一郎は居間で多恵と差し向かいになった。

「咲右衛門の死には謎が多い」

『生駒屋』のおとよと番頭、それに同じ札差の『十徳屋』と会って来た話をし、百両の件を口にした。

「百両の件はどういうことでございましょうか」

「わからん。何かのことで脅迫されていたとしても、百両が返って来たことが腑《ふ》に落ちない」

「はい。その金井忠之助どのの病死というのも気になりますね」

「うむ」

庭にひとの気配がした。

「来たな」

剣一郎は立ち上がった。夕方、屋敷に帰ってから霊岸島町《れいがんじまちょう》の長屋に住む文七《ぶんしち》のところに使いをやったのだ。

障子を開けると、庭先に文七が立っていた。

剣一郎は濡《ぬ》れ縁《えん》に出た。

「文七、ごくろう」

文七は剣一郎が手足のごとく使っている男だ。多恵の引き合わせで知った男である。詳しい素性を明かさないが、多恵とは異母姉弟《きょうだい》だと思われた。

「去年の十一月五日の朝、札差『生駒屋』の主人咲右衛門が首をくっているのが見つかった」

剣一郎は詳細を話して聞かせ、

「その金井忠之助がひと月後に病死をしている。だが、咲右衛門に殺しの可能性が出てきたいま、金井忠之助の死にも不審を持たざるをえない。まず、金井忠之助が死んだときの様子を探ってもらいたい」

「畏《かしこ》まりました。金井忠之助さまの屋敷は？」

「御徒町だ。七十俵五人扶持《ぶち》の御徒衆だ」

「わかりました。明日にでもさっそく」

「すまない」

「では」

「待て」

行こうとする文七を引き止めた。

「これを持って行け。多恵からだ」

剣一郎は多恵から頼まれた風呂敷包みを渡した。新しい着物と帯、それに食べ物が入っているようだった。

「もったいのうございます」

文七は障子に向かって深々と頭を下げた。多恵がいるのに気づいているのだろう。

「失礼します」

剣一郎にも礼を言って、文七は去って行った。

多恵が出て来た。

「どうしてそなたから渡して上げないのだ?」

剣一郎は疑問を口にした。

「あなたからのほうが、文七も受け取りやすいと思います」

なぜだときこうとしたが、その前に多恵が言った。

「梅の花がきれいですね」

暗い庭に白い花が微かに見えた。

「文七は青痣与力の力になれることに生きがいを感じているのです」

そう言い残し、多恵は先に部屋に戻った。

三

翌朝、剣一郎は出仕すると、すぐに年番方与力の宇野清左衛門《うのせいざえもん》に面会を求めた。

年番方与力は奉行所内の最高位の掛《か》かりであり、金銭の管理、人事など奉行所全般を統括する部署である。宇野清左衛門は最古参であり、奉行所の生き字引であった。

「宇野さま。いま、よろしいでしょうか」

剣一郎は声をかけた。

「おう、青柳どのか。さあ、これへ」

清左衛門は近くに来るように勧めた。

剣一郎は近くに腰を下ろした。

「何かわかったのか」

きのうの朝、剣一郎は『生駒屋』の内儀が屋敷に訪ねて来たことを話し、調べてみたいと申し入れたのだ。

「やはり、自害というには不審な点がございます。首吊りに偽装された疑いが濃いと思われます」

「そうか」

清左衛門は難しい顔をした。

「咲右衛門が死ぬ数日前から何かで悩んでいたことは事実のようです。その悩みが何かわかりません。ですが、それによって自害をしたとは考えられません」

「妻女の疑問は正しかったというわけか」

清左衛門はため息をついてから、

「我が奉行所は犯罪を見過ごしてしまったことになる。これは由々しきことだ」

と、渋面《じゅうめん》を作った。

「さらに奇妙なことがございます。『生駒屋』と取引のあった御徒衆の金井忠之助という御家人が当時、咲右衛門から百両もの金を借りておりました」

「なに、百両とな」

「はい。禄高七十俵五人扶持の御家人が借り受ける額ではありません。これまでにも借金があるはずですから」

「その金は貸し出されているのか」

「はい。番頭によると貸し出されているとのことでございます。ところが、十日後に百両が返されたそうです」

「なに、返された？」

「咲右衛門は貸し出すときに、すぐに返って来る金だと番頭に話していたそうです」

「どういうことだ？」

「わかりません」

「金井忠之助を問いただせば何かわかるな」

「いえ。それは叶《かな》いません」

「うむ？」

「金井忠之助は咲右衛門の死からひと月後に病死をしておりました」

「なに、病死だと」

「はい。しかし、ほんとうに病死だったのか、調べてみるつもりです」

「もし、病死ではないとすると、咲右衛門の死と関わりがありそうだな」

清左衛門は難しい顔をし、

「そうなると、単なる恨みつらみの類《たぐい》ではなく、大がかりな犯罪が隠されているかもしれぬな」

「はい。まだ、誰が何のために咲右衛門を殺したのかはわかりませんが、百両の金を貸した金井忠之助までが殺されたのだとしたら、ひとりやふたりの仕業ではありますまい」

「すまぬが、しばらく青柳どのひとりで調べてくれ。具体的に事件が見えてきたとき、奉行所として対処しよう」

「かしこまりました」

「ほんとうに、いつまでも青柳どのに頼りきっていて申し訳ないと思っている」

「何を仰いますか」

「いや。早く、わしに代わって年番方になってもらい、奉行所全体を取り仕切ってもらいたいと思っているのだが」

以前から、清左衛門は自分の後釜に剣一郎を据《す》えようとしているのだ。剣一郎がその気になったら、清左衛門はいつでも隠居するつもりらしい。

「宇野さまにはまだまだ現役で続けてもらいたいと思います」

「うむ。わしが働けぬようになったら、そのときは頼む」

清左衛門は頭を下げた。

「まだまだ、先のことでございます。それに、年番方には私よりも藤川右京之輔《ふじかわうきょうのすけ》さまのほうがふさわしいかと」

藤川右京之輔は猿屋町《さるやちょう》会所掛与力で、有能な人物である。ただ、感情の起伏が激しいことが玉に瑕《きず》だ。清左衛門は何か言いたげだったが、言葉にならなかった。

「では、私はこれで」

剣一郎は辞去した。

風烈廻り同心の礒島源太郎《いそじまげんたろう》と大信田新吾《おおしだしんご》がちょうど町廻りに出るところだった。ふたりは剣一郎を待っていたようだ。

「青柳さま。では、出かけてまいります」

「うむ。ごくろう。私も出かけるから途中までいっしょに行こう」

「はい」

剣一郎は特命を受けて風烈廻りの仕事から離れることがたびたびある。その間は礒島源太郎と大信田新吾が火事の用心のために町を巡回している。ふたりに任せて何の心配もいらなかった。

玄関を出ると、門をあわてて入って来た男がいた。当番方同心の小平《こだいら》又《また》五郎《ごろう》だ。やせて、青白い顔で、どこかひ弱そうだが、いざ剣を持たせると居合の達人だ。何度も捕物出役《しゅつやく》に出て無事にお役目を果たしている。三十歳になるかならぬかの年齢だ。

小平又五郎は剣一郎に気づいて急に立ち止まり頭を下げた。

「どうした？　ずいぶんあわてているではないか」

……剣一郎は苦笑しながらきいた。

「申し訳ございません。また、家内が具合悪くなって……」

「そうか。たいへんだな」

「失礼します」

又五郎はすぐに玄関に向かった。

「小平さん。また、妻女どのと喧嘩でもしたのでしょうか」

大信田新吾が玄関に駆け込んだ又五郎を見送って言う。

「新吾は小平又五郎の妻女を知っているのか」

剣一郎はきいた。

「はい。小平さんのほうがひとつ年上なのですが、屋敷が隣同士なので子どものころからいっしょに遊びました。ご妻女とも親しくさせてもらっています」

「又五郎は、妻女が病気だと言っていたが?」

「今朝もお見かけしましたが、病気のようには思えません。たぶん、喧嘩じゃないんですか。ときたま、ご妻女の怒鳴り声が聞こえてきますから」

新吾は苦笑した。

奉行所を出て、数寄屋橋御門《すきやばしごもん》を抜けた。

京橋を渡ってから、ふたりと別れ、剣一郎は蔵前《くらまえ》に向かった。

半刻(一時間)後に、剣一郎は浄念寺にやって来た。

山門前にある花屋に入る。

「これは青柳さまではございませんか」

鬢《びん》に白いものが目立つ亭主が出て来た。

「ちょっと訊ねたい。四ヶ月も前のことになるが、『生駒屋』の咲右衛門がこの境内で亡くなった」

「はい。驚きました。まさか、首をくくるなんて」

亭主は大仰《おおぎょう》に身をすくめた。

「咲右衛門が死んだ日の夜四つ近くに山門を入っていく男を見ていたそうだが？」

「はい。風が出て来たので表に出しっぱなしにしていた桶《おけ》を仕舞いに出たとき、山門を入って行く男のひとを見ました」

「顔を見たのか」

「いえ、後ろ姿だけです。羽織《はおり》姿でした」

「そのとき、咲右衛門だとわかったのか」

「いえ、わかりません。次の日の朝、大騒ぎになって、はじめて咲右衛門さんだったのかと思いました」

「その男以外には誰も見なかったのか」

「はい、見ていません。すぐに家の中に入ってしまいましたから」

「そうか。わかった」

礼を言い、剣一郎は花屋を離れた。

剣一郎は山門をくぐった。正面に本堂があり、右手に鐘楼がある。その奥に椎の樹がある。

花屋の亭主が見たのが咲右衛門だったら、咲右衛門はここで誰かと待ち合わせをしていたことになる。

気を失った状態の咲右衛門をここまで運ぶより、ここに呼び出して殺したほうが楽だったろう。

やはり、咲右衛門はここで誰かと待ち合わせたのだ。あの遅い時間になぜ、咲右衛門は呼び出しに応じたのか。

数日前から何かに悩んでいたという。そのことがあって、咲右衛門は呼び出しに応じざるを得なかったのかもしれない。

それより、ここに来る前、咲右衛門はどこで過ごしていたのか。

剣一郎は裏門に向かった。戸を開けて出ると、新堀川の通りに出た。下手人《げしゅにん》たちはここから出入りをしたのかもしれない。

十一月四日の夜四つともなれば寒さ厳しく、ひと通りもまったく絶えていただろう。

ましてや四ヶ月も前のことだ。目撃者は期待出来ない。

あの時点でもっと深く調べていればと悔《く》いが残るが、いまさらそれを言っても仕方ない。剣一郎は次に向かって歩きだした。

新堀川を渡り、元鳥越町《もととりごえちょう》から三味線堀《しゃみせんぼり》を通って御徒町に出た。

御徒衆の組屋敷が並んでいる。その辺りを歩き回り、そして、剣一郎は和泉橋《いずみばし》のほうに向かった。

しばらくして、後ろから近付いて来るひとの気配がした。文七に違いない。剣一郎はそのまま先に進んだ。

和泉橋を渡り、土手沿いにある柳森《やなぎもり》神社に向かった。

鳥居をくぐって待っていると、小間物の荷を背負った文七がやって来た。

「何かわかったか」

「はい。隣家の妻女も、金井忠之助は病気で亡くなったと信じていました。葬式にも参列したそうですが、不審の声はなかったそうです」

「いま金井家は？」

「忠之助の子の大五郎《だいごろう》が跡を継いでおります。大五郎はまだ十七歳だそうですが」

大五郎は父親の死後、家督を継ぎ、御徒衆に取り立てられたのだ。

「暮らし向きはどうだ？」

「下男下女を雇っていますから、それほど困窮しているようには思えません」

「そうか」

ふと蔵米の支給日が先月だったことを思い出した。

蔵米の支給は年に三回、春の二月、夏の五月、そして冬の十月だ。先月、金井家では札差の『生駒屋』から金を借りたのだろうか。

金井忠之助は先の蔵米を担保に金を借りていたのだ。

「下男のことを調べてくれぬか」

「わかりました」

文七は先に柳森神社を出て行った。


それから四半刻（三十分）後、剣一郎はさっきと逆に和泉橋を渡り、御徒町を突っ切り、三味線堀を通って元鳥越町から元旅籠町二丁目にやって来た。

咲右衛門の妻女はまだやつれが目立つが、それでも顔色はよくなっていた。

「青柳さま、ありがとうございます。青柳さまに探索に乗り出していただき、亡き夫も喜んでおりましょう」

おとよは力強く言う。

「いや。まだ、調べははじまったばかり。なれど、咲右衛門どのは自害ではない可能性が高まってきた。必ずや、真相を明らかにし、咲右衛門どのの無念を晴らす所存」

「よろしくお願いいたします」

おとよは涙ぐんで言った。

「もう一度、番頭さんから話を聞きたい。呼んでもらいたい」

「はい」

おとよが手を叩くと、女中が顔を出した。

「すまないが番頭の吉蔵にここに来るように伝えておくれ」

「はい。畏まりました」

待つほどのことなく、番頭の吉蔵がやって来た。

「お呼びでございましょうか」

「青柳さまがお訊ねしたいことがあるそうです」

「はい」

吉蔵は剣一郎に向かった。

「もう一度確かめたい。金井忠之助に百両を貸し付けたが、その金はすぐに戻って来たということだったな」

「はい。戻って来ました」

「その金は金井忠之助が持って来たのかどうかわかるか」

「旦那さまの話ではそのようでございました。ただし、私どもは金井さまに会ってはおりません。すべて、旦那さまがやっておりました」

「金井忠之助には何期も先の蔵米も形《かた》に金を貸していたそうだが、咲右衛門はどういうつもりで金を貸したのか想像はつかぬか」

「いえ。まったくわかりません」

「金井家は家督相続で、息子の大五郎が職もついだ。先月、蔵米の支給日だったはずだが、金井家から借金の申し込みはあったのか」

「いえ、ございません」

「なかった？」

「はい。ふつうに換金をし、そこから貸金の利息を頂戴いたしました」

旗本・御家人は自分たちの食い扶持を現物でとり、残りを売却して金に換える。この手続きを札差に依頼するのだ。

「去年の十月の支給日に借金の申し込みは？」

「ありません」

「すると、金井忠之助から申し入れがないのに、咲右衛門は百両を貸したことになるな」

「はい」

やはり、百両の動きは気になる。

「金井忠之助さまと何かあったのでございましょうか」

吉蔵が気にした。

「そうとしか思えぬ。そのことで他に何か気づいたことはないか」

「いえ」

「この件に関して、『生駒屋』は金銭面で何か実害を受けてはいないのだな」

「はい。ございません」

「そうか。もし、何か思い出したことがあったらなんでもいいから教えて欲しい。ごくろうだった」

「はい。どんなことでもお命じください。旦那さまの仇《かたき》をとるためでしたら、なんでもいたします」

吉蔵は思い詰めたような目で言った。

「うむ。その節は頼む」

剣一郎は妻女と吉蔵に別れを告げて立ち上がった。

その夜、八丁堀の屋敷に文七がやって来た。

いつものように庭先に立った。

「下男のことがわかりました」

文七は切り出した。

「久蔵《きゅうぞう》という男です。神田佐久間町《かんださくまちょう》にある口入れ屋から奉公に上がって一年になるそうです。その前は商家で下男をしていたそうです」

「どんな人間だ?」

「言われたことは忠実にこなしますが、それ以上のことはやらないそうです。ただ、口が固いのが取り柄のようです」

「口が固いか」

剣一郎は何か弱みを探そうとした。

「手慰《てなぐさ》みはどうだ?」

「嫌いじゃなさそうです。口入れ屋の亭主も、手慰みのことは心配していました。手慰みが好きで、そのために奉公していた商家から暇《ひま》を出されたということです」

「どうやら付け入る余地がありそうだ。出入りの賭場を探してくれ」

「わかりました」

文七が去って行った。

ふと離れから、志乃とるいの笑い声が聞こえて来た。娘のるいも嫁に行く年頃になり、縁談がひくてあまたある。

るいに好きな男がいるのかわからない。いつも志乃と楽しそうにしているところをみると、男の影などないように思えるのだが……。

いずれは嫁に行く。剣一郎は妙に切ない気持ちで庭の梅の花を見つめていた。

四

ふつか後。暮六つの鐘が鳴りはじめた。御徒町は御徒衆の組屋敷がある。御徒衆は将軍が御成りのときは先駆して通りの警護に当たる。

深編笠を人指し指で押しやり、着流しの青柳剣一郎は御徒衆金井家の屋敷を見た。

潜り戸が開いたのだ。

ずんぐりむっくりの男が出て来た。下男の久蔵に違いない。

七十俵五人扶持の小禄である御徒衆では奉公人を雇える余裕はない。下男下女を雇えればいいほうだ。

久蔵は和泉橋のほうに歩いて行く。剣一郎はあとをつけた。

右手に神田松永町《まつながちよう》の町並みが現れた。久蔵はまだまっすぐ行く。花冷えで、夜になって肌寒くなった。

久蔵は和泉橋を渡るようだ。賭場に向かうのか、夜鷹《よたか》を買うつもりなのか。対岸の柳原《やなぎわら》の土手は夜鷹が出没する。

剣一郎は足早になり、和泉橋の袂《たもと》で久蔵に追いついた。

「久蔵」

声をかけると、久蔵はびっくりしたように立ち止まった。

剣一郎は久蔵の前にまわり込んだ。久蔵は怯《おび》えたようにあとずさった。

「誰でえ」

久蔵は警戒した。

剣一郎は深編笠を外した。月明かりが剣一郎の顔を照らした。久蔵はじっと見つめていたが、あっと声を上げた。

「青痣与力……」

剣一郎の左頬の青痣を、久蔵は知っていた。

「私を知っているのか」

「へ、へい。噂で」

「そうか。いかにも青柳剣一郎である。そなたに少し訊ねたいことがある」

「なんでしょうか」

久蔵は警戒気味にきく。

「そなたが奉公している金井家のことだ。三ヶ月前に、忠之助どのが亡くなっているな」

「へ、へい」

「病死だということになっているが、実際はどうなのだ?」

「どうと仰いますと?」

「ほんとうに病死だったのか」

「…………」

「そなたから聞いたとは決して言わん。だから、正直に話すんだ」

「いえ、あっしは下男ですから、お家の中のことはわかりません」

「しかし、家人の騒ぎは聞こえただろう。医者はやって来たのか」

「さあ、わかりません」

「久蔵。口止めされているのだな」

「滅相もない」

「決して、そなたから聞いたとは言わん」

「ですが、あっしは何も」

久蔵は苦しげな表情になった。

「忠之助は殺されたのではないか」

久蔵ははっとした。

「もし、そうなら仇をとってやらねば浮かばれぬ。そうではないか」

「ですが……」

「では、忠之助が死んだときのことを話してくれ」

「私は何も知りません」

久蔵はとぼけた。

「久蔵。そなた、浜町堀《はまちょうぼり》にある旗本屋敷の中間《ちゅうげん》部屋に出入りをしているようだな」

「えっ？」

「そなたのせいで、そこに手入れが入ったら後味が悪いだろう」

「ど、どうしてそれを？」

「そんなことはどうでもよい。わしが知りたいのは、忠之助どのが死んだ理由だ。話したくなければ話さなくてもよい」

「待ってください」

久蔵はあわてた。

「話すか」

久蔵はためらいながらも頷《うなず》いた。

「あれは、去年の十二月初頭でした。夜五つ（午後八時）過ぎ、小屋にいたら門前に誰かが来ました。金井忠之助さまが外で倒れた。早く門を開けろと騒ぐので、半信半疑で門を開けました。すると、ふたりの男が戸板を運び入れました。戸板に乗せられていたのは旦那さまでした。あっしの目に入ったのは筵《むしろ》から垂れた左腕でした。二の腕から血が滴《したた》り落ちていました」

「で、戸板を運んで来たのは誰だ？」

「遊び人ふうの男がふたり。それに、大柄な男が付き添っていました」

「どこの誰かはわからぬか」

「わかりません。ただ、神田川の辺《ほとり》で倒れていたので運んで来たということです」

「運ばれてきたときはすでに死んでいたのか」

「はい。部屋に連れ込んだあと、奥さまの泣き声が漏《も》れて来ましたから」

「その夜、駆けつけたのが誰か、わかるか」

「はい。私が親戚の緑川儀兵衛《みどりかわぎへえ》さまに知らせに行きました。すぐに、緑川さまが駆けつけてくださいました。緑川さまがあっしに、金井忠之助は急の病で亡くなった、そのように心得よと話されました。ですから、私もそのように」

「その夜、屋敷には他に誰か駆けつけたのか」

「友人の山部《やまべ》さまが」

「山部?」

「はい。同輩の山部重吾《じゅうご》さまです」

「山部重吾どのは金井忠之助のことを誰から聞いたのだ?」

「さあ、わかりません」

「屋敷は近いのか」

「練塀小路《ねりべいこうじ》だそうです」

「わかった。呼び止めてすまなかった」

「へい」

久蔵は逃げるように小走りに和泉橋を渡って行った。

剣一郎も遅れて和泉橋を渡る。

途中、ふと立ち止まった。何者かに見られている。そんな感じがした。そのまま、柳原通りを突っ切った。つけて来る者はいなかった。

翌日の午後、剣一郎は和泉橋を渡って下谷《したや》にやって来た。御徒町の一本西側の通りが練塀小路である。

山部重吾の屋敷は途中で出会った武士にきいてわかった。

剣一郎は門を入り、玄関に向かった。左手は内塀があり、屋敷がある。山部重吾は敷地の一部を貸家にしているのだ。どの御家人もやっていることだ。

玄関で訪《おとな》いを告げると、十三、四歳と思える元服前の男子が出てきた。

「いらっしゃいませ」

躾《しつ》けが行き届いている。我が伜、剣之助の十三、四歳のころのことを思い出しながら、

「青柳剣一郎と申す。山部重吾どのにお会いしたい。お取り次ぎを願いたい」

と、口にした。

「申し訳ございません。父はまだ勤めから戻りませぬ。夕方には帰りまする」

「さようか。では、また夕方に寄せていただく」

剣一郎はいったん引き上げた。

剣一郎は三味線堀を通って、『生駒屋』にやって来た。

店先にいた番頭が気づいて近付いて来た。

「青柳さま。じつは、内儀さんはいま外出をしています」

「いや、いい。ひとつ、確かめたいことがあったのだ。御家人の山部重吾どのとは取引があるかを確かめたいのだ」

「山部さまですか。いえ、ありません」

「金井忠之助と同じ御徒衆で取引している者は何人かいるのか」

「はい。いらっしゃいます。名前は台帳を見ないとわかりません。調べて参りましょう」

「いや。いずれ、また訊ねるかもしれぬが」

「はい。畏まりました」

『生駒屋』を離れ、剣一郎は札差の『十徳屋』に足を向けた。

店に入って行くと、先日の番頭が近寄って来た。

「主人はいるか」

「はい。おります。少々、お待ちください」

番頭は主人の長十郎のところに行った。

すぐに長十郎が出て来た。羽織を着ていた。

「これは青柳さま。きょうはまた何か」

「出かけるところか」

「はい。でも、少しぐらいなら構いません」

「また、少し教えてもらいたいことがあってな」

「さようでございますか。それでは、どうぞ、こちらに」

この前と同じ小部屋に連れて行った。

差し向かいになってから、剣一郎は口を開いた。

「去年の十一月四日の夜、そう『生駒屋』の咲右衛門が死んだ夜のことだ。咲右衛門はひとと会うと言って外出した。それから、四つに首をくるまでの間、どこで過ごしたかわからない。何か思い当たることはないか」

「さあ、わかりません。もし、札差仲間の誰かと会っていれば、話は伝わってくるはず。ですから、会いに行った相手は同業者ではないと思われますが」

「うむ。この近くで、咲右衛門が一刻（二時間）以上を過ごすとしたら、どこが考えられるだろうか」

「さあ、ちょっとわかりかねますが」

十徳屋は不審そうな顔で、

「青柳さま。咲右衛門さんが殺されたというのははっきりしたのでしょうか」

と、きいた。

「確たる証拠があるわけではないが、おそらく殺されたのであろう。また、金井忠之助という御家人も病死ではなく、殺された可能性がある。少なくとも、私はふたりの死にはつながりがあると思っている」

「なんと、恐ろしい」

長十郎は眉根を寄せた。

「出かけるところをすまなかった。また、何かあったら寄せてもらう」

「はい。いつでもお越しを」

「では」

剣一郎は立ち上がった。

夜になって、剣一郎は改めて山部重吾の屋敷を訪れた。

剣一郎は客間で重吾と差し向かいになった。

「して、ご用向きは？」

重吾は促した。三十半ばで、眦《まなじり》のつり上がった男だ。

「金井忠之助どののことで確かめたいことがござる。病死ということでございますが、まことに病死だったのかどうか、山部さまにお訊ねになればわかるかと思いまして」

剣一郎は静かに切り出した。

「病気で金井が亡くなったのは三ヶ月も前のこと。いまごろ、なぜ、そんなことをお調べでござるか」

重吾が不思議そうにきいた。

「じつは、金井どのが戸板に乗せられて屋敷に帰って来たのを見たという者がおりました。その際、筵からはみだした左腕から血が流れていたと……」

「あいや、お待ちくだされ」

重吾は手を上げて制した。

「奉行所の者がなぜ、そのようなことを気にするのかをお訊ねしているのです」

「金井どのが亡くなるひと月前、元旅籠町の札差『生駒屋』の主人咲右衛門が首をくくって死んでおります」

「…………」

「金井どのは『生駒屋』から百両を借り受けております。しかし、『生駒屋』の番頭はそのいきさつを知りませんでした。金井どのと咲右衛門の間に何があったのか。なぜ、ふたりが相次いで殺されねばならなかったのか」

「殺される？　何を仰るのですか。金井は病死です。それに、咲右衛門は自害したのではないですか」

「いいえ、咲右衛門は何者かに首をくったように見せ掛けて殺されたのです。そして、金井どのも、そのことに関わって殺された」

「ばかな」

重吾は吐き捨てて、

「よいですか。私は金井が亡くなった夜、屋敷に出向き、金井に会っている。すでにふとんの上に寝かされていたが、斬られたあとはなかった」

なぜ、重吾はむきになっているのか。

「金井どのの死因は？」

「もともと心ノ臓が弱かったのです。あの夜、勤務の帰り、和泉橋を渡ったところで発作《ほっさ》を起こしたのです。ひとりだったので、どうすることも出来なかったのでしょう」

「金井忠之助どのが戸板で運ばれて来たことは間違いないのですね」

「いや、戸板か駕籠《かご》かは知らない」

「近所の者は戸板で運ばれたのを見ていました」

「ならば、そうなのでしょう」

「問題は筵から垂れていた左腕から血が流れていたことです。実際は何者かに斬られたが、家督を無事に子どもに継がせるためには病死として処理するしかなかったのではありませんか」

「そんなことあり得ん」

「いま金井家は長男の大五郎どのが立派に家督を継いでおります。もはや、ほんとうのことをお話しになっても……」

「何度言ったらわかるのですか。金井は病死です」

重吾は強い口調で言い切った。

「山部どのは、どうやって金井どのの変事を知ったのでござるか」

剣一郎は矛《ほこ》先を変えた。

「誰かが屋敷に知らせてくれたのです」

「どなたでしょうか」

「覚えてない」

「覚えてない？」

「こっちも取り乱していたからな」

重吾は首を横に振った。

「そうですか。よく、わかりました。夜分、お騒がせいたしました」

剣一郎は腰を浮かした。

「奉行所はこのことを調べているのですか」

重吾は困惑したような口ぶりできいた。

「いえ。あくまでも私がひとりで。まだ、明らかな証拠があるわけではありませんので。では」

剣一郎は玄関に向かった。

月は雲間に隠れ、辺りは暗かった。和泉橋に近付いたとき、橋の袂《たもと》に黒い影が揺れた。剣一郎は用心しながら、橋を渡った。

黒い影が動いた。ひとつ、ふたつ……。背後の気配からふたりいると思った。

行く手のくらがりに黒い影が立ちふさがった。真ん中に長身の覆面の侍。両脇にも黒い布で面をおおった侍がいた。

「おぬしたち、何者？」

剣一郎は橋を渡り切った。

「玄武《げんぶ》の常《つね》と白虎《びやっこ》の十蔵《じゅうぞう》を覚えているかえ」

背後で声がした。

「なに、玄武と白虎？」

剣一郎は振り返った。ふたりの遊び人ふうの男が立っていた。大柄な男とやせた男だ。ふたりとも頬かぶりをし、着物を尻端折《しりはしょ》りしていた。

大柄な男が一歩前に出て来た。

「ふたりは数ヶ月前に小塚原《こづかっぱら》で獄門首を晒《さら》した」

「おまえたちは玄武の常と白虎の十蔵の手の者か」

「そうだ。御番所は一味を壊滅させたと思っていただろうが、おっとどっこい、ちゃんと生き延《の》びた者がいたのよ」

「まさか」

『朱雀太郎《すざくたろう》』の名を騙《かた》り、江戸を暴れ回ったが、青痣与力のために獄門台に送られた。いつか、恨みを晴らす。その思いで、きょうまで来た。やっとその思いが遂《と》げられる」

生き残りがいたとは信じられなかった。剣一郎はためすつもりできいた。

「玄武の常と白虎の十蔵はおかしらを裏切った人間だ」

「おかしらの秀太郎《しゅうたろう》のほうが裏切ったのだ。江戸を東西南北にかってに分けた。東部と南部をそれぞれ割り当てられた青龍《せいりゅう》の昌《まさ》と朱雀の哲《てつ》はいいが、玄武の常と白虎の十蔵には不公平だった。だから、『朱雀太郎』と名乗り、青龍の昌の縄張り内である江戸の東部で押込みを繰り返したのだ」

間違いない。この男は事情を知っている。まさしく、玄武の常と白虎の十蔵の手の者に違いない。

剣を抜いた気配に振り返る。長身の侍が剣を構えていた。他のふたりも抜刀した。

殺気が漲《みなぎ》っている。なんとしてでも殺《や》るのだという意気込みが全員にあった。剣一郎は山城守国清《やましろのかみくにきよ》銘の新刀上作の刀の鯉口《こいぐち》を切った。

いきなり侍のひとりが剣を脇に構えて突進してきた。剣一郎も前に踏み出した。すれ違いざまに相手の剣が剣一郎の脾腹《ひばら》を襲ったが、その前に剣一郎の剣が相手の剣を弾き返した。体勢が入れ代わったとき、別の侍が上段から斬りつけてきた。剣一郎は腰を落とし、踏み込んで相手の剣を鎬《しのぎ》で受け止めた。相手は渾身の力を剣に込めてきた。それをさっとはずして、相手がよろけたところに峰を返して肩に叩きつけた。

骨の砕ける鈍い音とともに悲鳴が上がった。

「どけ」

長身の侍が野太い声を出した。

「青痣与力、相手に不足はない」

覆面の下で不敵に笑った。

「そなたたちは金で雇われたのか」

「問答無用」

相手は正眼《せいがん》に構えた。剣一郎も正眼に構えをとった。

「柳生新陰流《やぎゆうしんかげりゆう》か」

剣一郎と同じ流派の剣だ。

「斬り合いに流派など関係ない」

相手は冷めた声で言う。

お互いにじりより間合いを詰める。だが、互いの剣先が触れ合うまでに間が詰まったときから両者の動きは止まった。

（出来る）

剣一郎は内心で唸《うな》った。かつて対峙《たいじ》した数々の敵の中でも三本の指に入る技量の持ち主だ。相手も動かない。

長身でありながらしなやかな体の動き。移動するときは跳《と》ぶように、立ち止まっているときは地に根が生えたようにびくともしない。

仕掛けたほうが負ける。ぴんと張りつめた糸がいまにもぷつんと切れそうな緊張感に辺りは包まれている。剣一郎はためしに微《かす》かに体を横に動かす。しかし、剣先はぴたりと剣一郎の目を向いて離れない。

ゆっくり雲が流れて行く。どれほど時間が経ったのか。

「さすが青痣与力」

相手があとずさった。

「これ以上、闘っても決着はつかぬ。後日、改めて」

刀を鞘《さや》に納めた。

「師は誰だ？」

剣一郎はきいた。

いた。

「師だと？　そなたの知るような剣客《けんかく》ではない」

気がつくと、他のふたりの侍はもう逃げたあとだ。背後にいたふたりの男も消えていた。

翌日、剣一郎はいつもより早く出仕すると例繰方《れいくりかた》の部屋に行き、壁一面の棚に積まれている書類の中から目的の御仕置裁許帳《おしおきさいきょちょう》を引っ張りだした。

御仕置裁許帳とは事件の経緯や処罰のことを記録したもので、新たな吟味ではこの裁許帳の先例をもとに罪状を決める。

剣一郎は玄武の常と白虎の十蔵の事件についての記録を調べた。ざっと目を通したが、常と十蔵のそれぞれの身内については触れていなかった。

常か十蔵には事件に登場しなかった残党がいた可能性がある。

ふと背後にひとの気配がした。振り返ると、伜の剣之助が立っていた。剣之助はいま吟味与力見習いとして橋尾左門《はしおさもん》の下についている。

「父上、ゆうべ何かございましたか」

「何かとは？」

裁許帳を棚に戻してからきき返した。

「ゆうべ、だいぶ疲れたご様子でお帰りになったと、母上が心配しておりました」

「そうか。気取《けど》られないようにしていたつもりだったが」

やはり、柳生新陰流の遣い手との闘いで疲労困憊《こんぱい》していたことは多恵には隠せなかったようだ。

「じつは、ゆうべ襲われた」

他の者の耳に入らぬように低い声で言った。

「襲われた？　何奴が？」

剣之助は顔色を変えた。

「玄武の常と白虎の十蔵の手の者と名乗っていた」

剣一郎は経緯を話した。

「うちのひとりの侍は柳生新陰流のかなりの遣い手だ。その男とはただお互いに正眼に構えたまま身動き出来なかった」

剣一郎は改めてそのときの緊張感を思い出した。

「それで、玄武の常と白虎の十蔵に関わる記録を調べていたのですか」

「うむ。だが、わからなかった。ただ、玄武の常か白虎の十蔵か、いずれかに身内がいたかもしれない」

「一味が暴れているときは江戸にいなかったのかもしれませんね。だから、奉行所の調べには引っかからなかったのかもしれません」

「そうかもしれぬな」

「私も心がけておきます」

「うむ。頼んだ」

それから、剣一郎は見習い与力に、宇野清左衛門の都合をきいてもらった。清左衛門は誰よりも早く出仕している。

見習い与力が戻って来た。

「いま、よろしいそうです」

「うむ。ごくろう」

剣一郎は年番方の部屋に行った。

部屋に入る。清左衛門付きの同心たちはすでに机に向かっている。

「失礼いたします」

剣一郎は宇野清左衛門のそばに腰を下ろした。

清左衛門は書類を閉じてから体の向きを変えた。

「ごくろう。何かわかったか」

「じつは、ちと別の厄介《やっかい》なことが」

剣一郎は切り出した。

「ゆうべ、和泉橋の近くで玄武の常と白虎の十蔵の手の者に襲われました」

「なに、玄武の常と白虎の十蔵？」

「覚えておいででしょうか。去年の九月。『朱雀太郎』と名乗り、残虐な押込みを働いていた盗賊。そのかしらです」

「うむ。覚えている。ふたりとも獄門になった。しかし、その際、一味はすべて捕まえたはずではなかったのか」

「そのはずでした。まさか、まだ残っていたとは……」

剣一郎は顔をしかめた。

「しかし、本人が勝手にそう言っているだけなのではないか」

「いえ、仲間の事情にも通じていました。おかしらの秀太郎が江戸を東西南北の四つにわけたことも口にしておりました。仲間でなければ、知り得ないことも口にしていました」

「うむ」

清左衛門は苦い顔をした。

「青柳どのを襲ったわけは復讐《ふくしゅう》か」

「はい。私への復讐だとはっきり言ってました」

「復讐とはなんと無茶な。許せぬ」

清左衛門は憤然とした。

「おそらく金で頼まれたであろう助っ人の侍が三人おりましたが、そのうちのひとりは柳生新陰流の遣い手。かなり手ごわい相手でございました」

剣一郎はそのときの様子を話した。

「私への復讐だけが目的とは思えません。そのあとには、また第二の玄武の常、あるいは白虎の十蔵になるつもりに違いありません」

「由々《ゆゆ》しきことだ。ことに、奉行所の与力を襲うなどとはもっての他。奉行所挙げて探索せねばならぬ」

「宇野さま。いまは狙いは私だけです。大騒ぎをし、いたずらに世間に不安を煽《あお》ってもいけませぬ。まず、誰かに、玄武の常と白虎の十蔵について、改めて調べさせていただけませぬか」

「あいわかった。お奉行に話を通し、善処する」

「お願いいたします」

剣一郎は清左衛門の前を辞去した。

半刻（一時間）後、奉行所を出た剣一郎は柳原の土手にやって来た。和泉橋の袂に立ち、ゆうべのことを考えた。

昨夜の連中はここで待ち伏せていた。剣一郎が和泉橋を渡って来ることを予期していた。

ゆうべ、剣一郎は山部重吾を訪ねての帰りだった。つまり、敵はそのことを知っていた。

つけられていたのだ。ひとの視線を感じたことがあったのを思い出す。剣一郎が気になったのは、生駒屋咲右衛門ときのうの連中との関わりだ。

まったく別なのか、それとも咲右衛門の死となんらかのつながりがあるのか。

それにしても、きのうの柳生新陰流の侍は何者なのか。あれほどの腕の持ち主だ。ある程度、その名は知られているはず。

それとも、江戸の人間ではないのか。

そのとき、土手を上がって走って来る侍が目に入った。縞《しま》の着物の着流しに黒羽織。小粋《こいき》な格好で小走りにやって来るのは定町廻り同心の只野平四郎《ただのへいしろう》だ。平四郎が手札を与えている岡っ引きの久助《きゅうすけ》もあとからついてきた。

「青柳さま」

平四郎が近付いてきて声をかけた。

「どうした？」

「はっ。宇野さまから伺いました。玄武の常と白虎の十蔵の手下に和泉橋付近で襲われたと。今後は青柳さまの手助けをせよとのことでございます」

「そうか。それはご苦労」

平四郎は何年もの間、風烈廻り同心として、剣一郎の下で働いてきた人間である。欠員の出た定町廻り同心に、平四郎を推挽《すいばん》したのは剣一郎だった。

平四郎の亡き父も定町廻り同心で、親子二代にわたり、同心の花形である定町廻りになった。

「ゆうべ、ここで賊が待ち伏せていたのですね」

平四郎は辺りを見回した。

「ゆうべは御徒町からの帰りだった。私が御徒町に行くことを知っていたのだ」

剣一郎は『生駒屋』の咲右衛門の件から金井忠之助の死までを話した。

途中から、平四郎の顔は青ざめた。

「青柳さま。申し訳ございません。私がもっと慎重に調べておれば……」

「青柳さま」

久助が遠慮がちに口をはさんだ。

「恐れながら、あのとき、頑強に自害と言い切ったのは検使与力の三国《みくに》さまでございます。只野の旦那はもう少し調べてからと言ったのですが、三国さまが自害に間違いないと仰ったのです」

当番方与力の三国富之助《とみのすけ》のことだ。

「よせ、久助。責任を転嫁するでない」

「でも」

久助は不服そうに言った。久助は三十歳、まだ独り身だ。色の浅黒い男だ。

「久助。話してみろ」

「はい。只野の旦那は咲右衛門の死ぬまでの足取りを調べてからだと三国さまに訴えたのですが、聞いてもらえなかったのです」

「三国さまも責められぬ。現場に到着したとき、死体はすでに枝から下ろされ、あたりはひとの足で踏みつけられておりました。駆けつけた誰かが、咲右衛門さんは最近悩んでいるようだったと噂をしていた」

平四郎は悔しそうに言った。

「まだ、咲右衛門が殺されたという確たる証拠を摑《つか》んだわけではない。調べた結果、やはり自害だったという結果になるかもしれない。だが、少しでも疑わしいことがあれば、調べておく必要はあった」

「はい」

「この件は、私がもう少し調べ、殺しだという確たる証拠を摑んだ時点で、改めてそなたに探索をしてもらう」

「はっ。畏まりました」

「じつは、賊の中に三人の侍がいた。浪人だ。中のひとりは大柄で、柳生新陰流の遣い手だ。私より強いかもしれぬ」

「えっ？」

「それほどの腕を持つ侍ならば江戸の剣客の間では名が知られている可能性がある。剣術道場を中心に調べてもらいたい」

「畏まりました」

平四郎と久助は土手を下って行った。

ひとりになってから、剣一郎は再び玄武の常と白虎の十蔵の件、そして咲右衛門と金井忠之助の死との関わりを考えた。

この両者に関係があるのか。しかし、咲右衛門と金井忠之助殺しのほうはまだ何も摑めていない。口封じには早過ぎる。

すると、やはり両者は別のものか。念のために調べてみる必要があった。

剣一郎は再び、『生駒屋』に向かった。ふと、つけられているのを感じた。ゆうべの男かもしれない。

途中で振り返ると、武家屋敷の陰に隠れたひと影が目に入った。

四半刻（三十分）後に、剣一郎は『生駒屋』の店先で、おとよと番頭の吉蔵と会っていた。

「『生駒屋』は以前に盗賊に入られたことはないか」

剣一郎はふたりに確かめた。

「いえ、ございません」

おとよは答えた。

「咲右衛門から、玄武の常と白虎の十蔵という男の名を聞いたことはないか」

「いえ、ありません」

おとよが言うと、吉蔵も頷いた。

「青柳さま。そのひとたちが何か」

おとよがきいた。

「いや。知らなければいいのだ」

「はい」

「青柳さま」

吉蔵がそっと呼びかけた。

「ひょっとして、玄武の常と白虎の十蔵というのは去年、江戸を騒がせた盗賊ではありませぬか。確か、『朱雀太郎』と名乗って商家に押し入った残虐な盗人」

「そうだ。知っていたのか」

「はい。押し入った先で土蔵の鍵を出さないと火を放ち、ひとを殺すのもなんとも思わないというので、私どもでもずいぶん警戒した覚えがあります」

「『朱雀太郎』のことなら、夫も口にしていました。夜遅い訪問者は絶対に中に入れるなと奉公人に注意をしておりました」

当時、『朱雀太郎』が世間を騒がせていたのだから、当然、どこもこのような警戒はしただろう。

しかし、『朱雀太郎』の正体は玄武の常と白虎の十蔵だった。このふたりが『朱雀太郎』の名を騙って残虐な押込みを働いていたのだ。

その残党である先日の男がこの蔵前を舞台に何かをしている。そのような形跡を見出すことは出来なかった。

割り切れない気持ちのまま、剣一郎は『生駒屋』を辞去した。


蔵前通りはたくさんのひとが行き交っている。『生駒屋』を出てからずっとつけて来る。まだ、昼前だ。浅草橋《あさくさばし》を渡った。背後から殺気が迫ってきた。人通りが多く、前後左右には通行人がいる。刀は抜けない。

剣一郎は背後に何者かがぶつかるようにかけて来るのがわかった。へたに避《さ》けたら、他の通行人が巻き添えを食うかもしれない。

剣一郎は振り返った。手拭いで頬被りした大柄な男が脇《わき》に匕首《あいくち》を構えてひとの間を巧《たく》みに縫《ぬ》って突進してきた。人込みを利用しての攻撃だ。

剣一郎は身をかわすわけにはいかなかった。正面から、敵を待った。

直前に迫ったとき、剣一郎は体をひねりながら相手を受け止めた。激しい衝撃があったが、切っ先をかわし相手の匕首を持つ手首を摑んでいた。

「ゆうべの男か」

「………」

「顔を見せろ」

もう一方の手で手拭いを剝《は》ぎ取ろうとしたその刹那《せつな》、通り掛かった女が匕首を見て悲鳴を上げた。その声で、周囲がざわついた。

「落ち着け」

剣一郎は大声を張り上げた。

その隙《すき》に、剣一郎の手から逃れ、男は通行人にぶち当たりながら浅草御門のほうに逃げて行った。

大柄な割りには身の軽い男だった。剣一郎の手に匕首が残っていた。

第二章　決闘

一

数日後。桜の花も咲きはじめ、春の息吹《いぶき》を感じるよい季節だ。しかし、剣一郎にはふたつの事件が重くのしかかって心が晴れなかった。

そして今も、玄関を出たところで正面の空に黒い雲が張り出してきたのを見て胸がざわついた。

黒い雲に不吉なものを感じたというわけではない。このような雲は何度も見ている。ただ、玄関を一歩出たときにまっさきに黒い雲が目に入ったことが気になるのだ。

考えすぎだと自分に言い聞かせ、剣一郎は継裃《つぎがみしも》で、小者ひとりを連れて八丁堀与力町の組屋敷を出た。

ふだんは槍《やり》持ち、草履《ぞうり》とりなどの供を連れて奉行所に向かうのだが、みな屋敷に残してきた。

二度目の襲撃を受けた。あの恨み者は二度の失敗のあと、どう出るか。剣一郎の身代わりに家族を襲うかもしれない。その警護に奉公人を当てたのだ。

楓川にかかる海賊橋を渡り、川沿いを通って、数寄屋橋御門内の南町奉行所に向かうのがいつもの道順だ。

雨模様の空だが、風はない。風烈廻り与力の剣一郎は強風が吹き荒れる日はふたりの同心と共に火事を防ぐために町の巡回に出るが、最近は札差『生駒屋』の咲右衛門と御家人金井忠之助殺しのほうの探索に集中している。

これまで手掛かりはない。札差の商売の上で特殊な理由があるかもしれず、きょう奉行所に出仕したら猿屋町会所掛かりの藤川右京之輔の意見をきいてみようと思った。

猿屋町会所とは、ときたま行なわれる旗本・御家人の救済策、札差からの借金を棒引きにする棄捐《きえん》令に対して、札差を救済するために設けた資金の貸付所である。

蔵前の猿屋町にある会所にはふたりの同心が毎日交代で詰めており、与力の藤川右京之輔も必要に応じて出向いている。

海賊橋に向かう途中に薬師堂がある。薬師如来《にょらい》は茅場町のお薬師さんとして信仰を集めているが、毎月八日と十二日に植木市が立つことでも有名だ。

その薬師堂に近付いたとき、境内から商人体《てい》の男が泳ぐように両手を交互にまわしながら飛び出して来た。

剣一郎に気付くや、

「青柳さま」

と、喉《のど》に引っかかったような声を出した。

「おや、野田屋《のだや》ではないか」

南茅場町にある鼻緒《はなお》問屋『野田屋』の主人だった。毎日、薬師堂にお参りに来ているようだ。

「たいへんでございます。ひとが、ひとが……」

かなりあわてているらしく、あとの言葉が続かなかった。

「ひとが？」

剣一郎は異変を察した。

「ひとが死んでいるのか」

「はい」

「よし」

剣一郎は境内に入って行った。野田屋もついて来た。

「あそこです」

野田屋は地蔵堂の裏を指さした。ひとの足が見えた。

小者に奉行所に知らせるように告げて、剣一郎は死体のところに向かった。男が倒れていた。半纏《はんてん》を着て、紺《こん》の股《もも》引《ひ》きに着物を尻端折《しりつぱしよ》りしていた。

脾腹を刺されていた。手や腕、顔にも傷があるのは抵抗したあとだろう。

血は固まっており、死後硬直も見られる。殺されたのは昨夜だ。下手人は死体をここに隠したので、さっきまで見つからなかったのだろう。

男は三十五、六歳。中肉中背だ。半纏に屋号が書いてある。まるに松の字だ。財布、煙草《たばこ》入れはそのままだ。

足音がした。定町廻り同心の植村京之進《うえむらきようのしん》が岡っ引きの与吉《よきち》と共に駆けつけた。

「青柳さま、遅くなりました」

「いや、偶然出くわしたのだ。まず、ホトケを」

「はっ」

京之進は亡骸《なきがら》のそばに向かった。

剣一郎は門のほうに向かった。ホトケは昨夜、薬師堂にお参りに来たところを襲われたのだろうか。

　物取りではないようだ。まさか、境内で喧嘩になったというわけでもあるまい。

　剣一郎は門から境内の土を見て行く。境内で腹を刺されたのだとしたら血痕《けっこん》が土に残っているかもしれない。

　だが、一見したところ、血痕らしき黒い染みは見当たらなかった。血が垂れたら土が固まっているはずだ。

「青柳さま、何を？」

　京之進が近寄って来た。

「血の痕を探している。殺したあと、下手人は死体を地蔵堂の裏手に運んだのに違いない。殺した場所を探している」

「わかりました。与吉にやらせましょう」

　京之進は与吉とその手下に命じて境内の土を調べさせた。

「青柳さま。まるに松の屋号は入谷《いりや》にある『植松《うえまつ》』という植木屋の松五郎《まつごろう》のところのものではないかと思われます」

「なに、入谷とな」

　薬師堂までお参りに来るなら少し遠いと思った。別の目的があって、こっちのほうにやって来たのかもしれない。

「血のあとは見当たりません」

与吉が知らせに来た。

「ない？」

剣一郎は小首を傾げた。では、境内ではないのか。

空は雲がさらに厚くなった。いまにも降り出しそうだ。雨が降れば、痕跡はたちまち消されてしまう。

門の外か。

「京之進。門の外を調べたい」

剣一郎は命じた。

「はっ」

京之進は岡っ引きに門の外の通りを調べるよう命じた。

同心の掛かりはほとんどが与力に属しているが、定町廻り同心は与力を長としない。したがって、京之進は剣一郎の指図なしに動くことが出来る。

しかし、剣一郎はこれまでにも特命を受け、難事件を解決してきた。そのことがあるので、いつしか定町廻り同心は剣一郎の指図には素直に従うようになっていた。中でも、この京之進は左頬にある青痣の由来から、青痣与力こと剣一郎に心酔しており、剣一郎の指図には嬉々《きき》として従う。

「ありました」

与吉が知らせに来た。

剣一郎と京之進は与吉のあとについて門を出た。

左のほうに少し行ったところだ。手下が立っていた。

「これじゃありませんか」

親指大のどす黒く固まっている土が幾つかあった。

剣一郎は血に間違いないと思った。

「ここで襲われたというわけですね」

京之進は土を見つめながら言う。

「そうだ。発見を遅らせるために、ここから死体を地蔵堂の裏手に運んだ。だが、ひとりではたいへんだ」

「下手人は少なくともふたりでしょうか」

「そうだ。それから、ホトケは薬師堂に来たのではないかもしれない。海賊橋を渡ってからやって来ると、薬師堂の門前を通りすぎている」

「すると、この先に目的があったというわけですね。ともかく、入谷の『植松』まで行って来ます」

「うむ。頼んだ」

あとを京之進に任せ、剣一郎は改めて奉行所に向かった。


奉行所に着いた。今月は南町の月番で、正門は開いている。だが、与力や同心たちが使うのは右手の小門のほうである。

剣一郎は小門から入り、敷石伝いに玄関に向かう。

継裃から着流しに着替えてから、年番方与力部屋に宇野清左衛門を訪ねた。

清左衛門は誰かと話していた。後ろ姿から吟味方与力の橋尾左門だと思った。左門は剣一郎の竹馬《ちくば》の友であった。

いったん、与力部屋に戻ろうとすると、清左衛門が呼び止めた。

「青柳どの。しばし、そこで待たれよ」

「はっ」

剣一郎は敷居の近くに腰を下ろした。

それほど待つことなく、橋尾左門が腰を浮かした。

清左衛門の前を辞去し、剣一郎の前にやって来た。

「今夜、そなたの屋敷に行く」

厳《いか》めしい顔で言って、左門は部屋を出て行った。

剣一郎は改めて清左衛門の前に向かった。

「遅くなり、申し訳ございません」

「何かござったのか」

清左衛門が気にした。剣一郎が時間に遅れるとは思っていないのだ。

「はい。茅場町薬師の地蔵堂の裏で男が殺されておりました」

「なに、殺しとな」

「はい。京之進の話では、入谷にある植木屋『植松』の職人ではないかと」

「入谷の植木職人？　八丁堀のほうに仕事で来たのか」

「道具は見当たりませんでした。入谷に使いを出しましたので、今日中にはホトケの身許も八丁堀にやって来たわけもわかるかと思います」

「それにしても、八丁堀の組屋敷の近くでひと殺しとはなんと大胆な奴じゃ。厄介《やっかい》な事件にならねばよいが」

清左衛門は顔をしかめて言う。

剣一郎が生駒屋咲右衛門殺しを探索しながら、玄武の常と白虎の十蔵の手下の復讐の標的にされている。剣一郎が手一杯であることを気にかけているのだ。

「それより、先日も襲われたそうだの」

清左衛門は心配してきいた。

「はい。まさか、真っ昼間に人通りのある中で襲って来るとは思いもよりませんでした。通行人を巻き添えにしないことに精一杯で、賊を取り逃がしてしまったことが残念でなりませぬ」

「また、襲って来ような」

「はい。なんとしてでも始末しようという強い意志を感じます。おいそれと諦めるとは思えません」

「警護をつけさせよう」

「いえ、襲撃してきたときしか、相手を捕まえる機会がありません。警護がつけば、私に近づけないかもしれません。そうなると」

「うむ?」

「はい。そうなると、私の家族に狙《ねら》いを変えるかもしれません」

「なんと。奴らはそこまでするとお思いか」

「わかりません。ただ、その不安はあります。敵の狙いが家族に向かないようにするためにも私は単独で行動したいと思います」

「なれど、青柳どのへの攻撃が失敗した場合、標的を家族に変える危険はある。少なくとも、青柳どのの屋敷には警護のものを送ろう」

「しかし、そこまでお手を煩《わずら》わせては」

「何を言うのか。青柳どのを狙うというのは奉行所への挑戦も同じだ。用心に越したことはない」

「はっ。ありがとうございます」

清左衛門の心配りに、剣一郎は頭を下げた。

そして、顔を上げてから、

「じつは、『生駒屋』の件で、藤川右京之輔さまに協力を仰《あお》ごうと思うのですが。殺しの理由が札差の仕事に絡んでいるかどうかわかりませんが、念のために」

と、剣一郎は切り出した。

「そうよな。うむ。あの者なら札差の事情にも通じているかもしれぬ」

藤川右京之輔はいずれ年番方に昇格するであろうと目されていた人物である。だが、最近、清左衛門は剣一郎を年番方に推挙しようとしているのだ。そのことが噂となって広まっている。

　奉行所の中には、剣一郎の名声を快く思っていない人間もいる。そのうちのひとりが右京之輔だ。剣一郎が奉行所内で頭角を現わすにしたがい、右京之輔の影が薄くなっていた。

　そんなことはないと思うが、剣一郎に対して知っていることでも話さない心配もあるのだ。清左衛門に話を通したのは、そういう理由からだった。

「よし。わしから話しておこう」

　清左衛門もそのへんのことがわかっているのだ。

「いえ、だいじょうぶです。何かありましたら、お口添えを」

「わかった」

「では、これから」

　剣一郎は清左衛門の前を下がり、与力部屋に戻った。

　そして、右京之輔のところに行った。

　右京之輔は書類に目を通していた。

「藤川さま。少しよろしいでしょうか」

　剣一郎は少し身を硬くして声をかけた。

「おお、これは青柳どのではござらぬか。珍しいではないか」

予想に反して、右京之輔はにこやかに応じた。

右京之輔は猿屋町会所掛与力で四十五歳になる。色白のふくよかな顔立ちだが、太くて濃い眉と大きな目が相手に威圧感を与える。

「はい。お近くにいながら、ゆっくりお話をする機会もなく、失礼をいたしております」

剣一郎は気を使った。

「なんの。それはお互いさまよ。して、何かな」

右京之輔は機嫌がよさそうだった。

「はい。じつは、去年の十一月に札差『生駒屋』の咲右衛門がくびをくくって死んでいるのが見つかりました」

「うむ、覚えておる。わしも咲右衛門とは何度か会ったことがある。まさか、あのような亡くなり方をするとはな」

右京之輔は表情を曇《くも》らせた。

「ところが、つい先日、内儀が夫の自殺に疑問を持っていると聞き、密かに調べているところでございます」

「なに、自殺ではなかったと言うのか」

右京之輔は意外そうな顔をした。

「まだ、確たる証拠はございません。ですが、自殺と決めつける証拠もありませぬ。確かに咲右衛門は亡くなる数日前から何かに悩んでいたとのことですが、そのことが自害に結びついたという証拠もありません。また、不可解なのは『生駒屋』と取引のある御徒衆の金井忠之助という者も殺された可能性があることです」

「なんと」

右京之輔の太い眉が大きく上下に動いた。

「ただ、殺されたにしろ、なぜ、咲右衛門でなければならなかったのか。死ぬ数日前から何に悩んでいたのか、まったくわかりません。札差の間で、もしくは札差と旗本・御家人との間で、何らかの揉《も》め事があったか心当たりはございませぬか」

「いや。何もないと思うが」

右京之輔が小首を傾げた。

「会所のほうでは？」

「会所？」

「咲右衛門と金井忠之助の間で百両もの金が妙な形で受け渡しされているのです」

「いや。会所では特に問題はない」

「そうですか」

　会所には勘定奉行所の勝手掛かりがいて札差に資金を貸しあたえる。中には、賄賂《わいろ》を送って資金の融通を受ける輩《やから》もいる。そういうことに監視の目を光らせるのが右京之輔の役目だった。

「しかし、わしの目から隠れて何かをしたとも考えられなくはない。念のために、会所のほうで調べてみよう」

「ありがとうございます」

「いや、お安い御用だ。そうそう、倅剣之助どのは吟味掛かりで頑張っているようだな」

「はっ。まだ、見習いでございます」

「青柳どのは、なぜ、吟味方に行かなかったのでござるか」

　右京之輔の目が鈍《にぶ》く光ったような気がした。

「正直申しますと、私は捕物が好きなようです。そういう意味では、定町廻り同心がうらやましゅうございます。なれど、こうして特命により、与力でありながら探索の仕事が出来ることに満足しております。出来ますれば、私は生涯、このままで特命の仕事を続けられたらと思っております」

年番方与力になる野心はないと暗に伝えたのだが、生涯、このまま特命の仕事を続けたいというのは本音であった。

「お邪魔しました」

剣一郎は下がった。

町に出るために、与力部屋から玄関に向かいかけたとき、当番所から出て来た物書同心の小平又五郎と会った。

剣一郎の顔を見て、はっとしたように立ち止まった。

「どうかしたのか」

「いえ、なんでもありませぬ」

声が震えを帯びているように思えた。

「失礼します」

会釈《えしゃく》して行き過ぎようとした。

「待て」

又五郎は立ち止まった。

「ご妻女の病気はいかがだ？」

「えっ?」

一瞬ぽかんとしていたが、

「あっ、だいじょうぶでございます」

と、又五郎はあわてて答えた。

「そうか」

「では」

頭を下げ、逃げるように、与力部屋に入って行った。

「おかしな奴だ」

心ここに在《あ》らずのようだ。何か悩みでもあるのかと、剣一郎は心配になった。大信田新吾は、妻女との仲がうまくいっていないらしいと言っていた。そのことで、苦しんでいるのだろうか。

気になったが、向こうから相談してくるならともかく、家庭内のことに口をはさむことは出来ない。

玄関を出たとき、雨が降り出していた。

その夜、屋敷に昼間の約束通り、橋尾左門がやって来た。

「いや、だいじょうぶです。そんなに濡れていません」

玄関から左門の大きな声が聞こえた。多恵と話しているのだろうが、左門の声しか聞こえてこなかった。

やがて、勝手に居間にやって来た。

「入るぞ」

遠慮のない仲だ。左門は部屋に入り、剣一郎の前であぐらをかいた。

「雨の中をごくろうだな」

「なあに、春雨《はるさめ》だ」

元気よく言う左門の表情は口とは裏腹に厳しかった。

左門は改まって切り出した。

「剣一郎。玄武の常と白虎の十蔵一味の吟味のときを思い出してみたが、他に手下がいた様子はなかった。吟味のときも、本人はそんなことを言っていなかったんだ」

「そうか。調べてくれたのか」

「うむ。剣之助から聞いてな。ほんとうに、玄武の常と白虎の十蔵に関わりあるものなのか」

「そうだ。仲間でなければ知らないことを口にしていた。何らかの形で、関わっていた者に間違いない」

「そうか。だとすると、剣之助の言うように、あの当時、江戸にいなかったのかもしれないな」

左門は難しい顔をし、

「奴らは二度襲って来たそうだな」

と、確かめた。

「そうだ。二度目は白昼、ひと通りの多い場所だった。なりふり構わぬ奴らの襲撃は異常なほどだ。あれほどの殺意を抱いているのは、よほど俺に恨みを抱いているからだろう」

「玄武の常か白虎の十蔵のいずれかと深い関わりのある者ということを認めざるを得ないか……」

左門は憤然と言い、

「だが、そうだとしても、単なる手下ではないな。兄弟でもいたのか」

と、小首を傾げた。

「兄弟でなくとも、それに近きつきあいをしていた間柄だろう」

「あのふたりは天涯孤独と思っていたのだが……。それより、そんなにおまえを憎んでいる男がおまえの襲撃が無理だとしたら、多恵どのやるいどのにその矛先が向かないか心配だ」

左門は不安を口にした。

「宇野さまが警護をつけてくれることになった。いちおう、るいや志乃の外出には供をつけている。屋敷のほうも用心をさせている。客に化《ば》けて押しかけて来ないとも限らんのでな」

「そうか、それならいいが」

そう答えたあとで、左門は思い出したようにきいた。

「そういえば、今朝、薬師堂の境内にある地蔵堂の裏でひとが殺されていたそうだな。下手人の見当は？」

「まだ、京之進の報告を聞いていない」

「ホトケは？」

「半纏を着ていた。入谷の植木職人らしい」

「そうか。ならば、玄武の常と白虎の十蔵の件と関わりはないようだな」

「うむ？」

剣一郎ははっとした。そのことは考えもしなかったが……。

「どうした?」

「いや、なんでもない」

果たして、殺されたのはほんとうに植木職人だったのか。京之進の調べを待たねばならない。

「いずれにせよ、そなたはいつ襲われるかもしれぬ。十分に気をつけるのだ」

そう言い残して、左門は引き上げた。

玄関から多恵と話している左門の声が聞こえた。剣一郎はさっきの左門の言葉が気になっていた。

しかし、玄武の常と白虎の十蔵の件と関わりがあるとして、誰にどうして殺されたのか。

仲間割れとも考えられない。

剣一郎は濡れ縁に出た。春の細かい雨が庭に降り注いでいた。

二

翌朝、明け方には雨は上がっていた。

朝餉のあとに、京之進が庭先にやって来た。

剣一郎は濡れ縁に出て、京之進の話を聞いた。

「きのう殺されていた男はやはり『植松』の職人で、利助《りすけ》という男でした。親方の話では、浅草の龍宝寺《りゅうほうじ》の庭の手入れをしていたそうです。利助が薬師堂に行ったとは思えないということです。いままでも一度も行ったことはなかったはずだと」

「つまり、目的は別の場所だったというわけか」

「そうだと思います。それから、利助といっしょに龍宝寺の庭で働いていた仲間がこんなことを言っていました。一昨日《おととい》の夕方から、利助の様子がおかしかったと」

「様子がおかしい？」

「はい。顔が青ざめ、何か怯《おび》えているようだったというのです。わけを訊ねても、首を横に振るだけで、何も答えてくれなかったそうです」

「一昨日、利助に何かあったのだな」

「仲間のひとりが、利助が長身の遊び人ふうの男と話しているのを見てました。その男と話したあとから、利助の様子がおかしくなったようだと」

「その男との間に何かあったのだな」

遊び人ふうの男というのが気になる。

「仲間は利助がその男から何かのことで脅されていたのではないかと。ただ、利助は女遊びも手慰みもしないです。ですから、どんなことで脅されたのかは想像がつかないと言ってました」

「何かを見てしまったか、あるいは何かを聞いてしまったか」

脅される理由はそういったことも考えられる。

「そうかもしれません。じつは、宝町《たからちょう》一丁目の自身番からの訴えがありました」

「訴え？」

「はい」

京之進は息継ぎをして続けた。

「一昨日、半纏姿の職人ふうの若い男が自身番に寄り、八丁堀への道順をきいたというのです。きのうの死体発見を知って、もしやということで訴え出たのですが」

「八丁堀？」

剣一郎は胸がざわついた。

利助が八丁堀を目指したのは誰かに助けを求めようとしたのか。しかし、単に助けを求めるのなら近くの自身番に駆け込めばいい。そうせずに、八丁堀を目指したのは単に助けを求めるためではなさそうだ。

それに、助けを求めるにしても、恐喝を受けてから早すぎはしないか。さんざん脅された末に堪えられなくなって助けを求める。それならわかるが、脅迫を受けたのが一昨日。そのあと助けを求めに来た。少し腑《ふ》に落ちない。やはり、何か別の用事で特定の人物に会いに行くのが目的だったのではないか。

剣一郎はその考えを口にした。

「私もそう思います」

京之進はそう答えてから、

「単なる思いつきですが、利助は青柳さまに会いに行こうとしたのではないかと。特に根拠があるわけではありませんが。ふつうの者が頼るとしたら青柳さまではないかと……」

京之進はさらに続けた。

「やはり、利助は何かを見たか、何かを聞いてしまった。そのことを青柳さまに伝えようとしたのではありますまいか」

「うむ。利助が脅されていたのは、見たこと聞いたことを誰にも喋《しゃべ》るなと脅されたのかもしれぬな。だが、利助は黙っていられなかった。利助がわしのところに来るつもりだったかどうかはわからないが、もし、利助の目的がわしのところに来ることだとしたら、わしに関することで、何かを知らせるためだったのかもしれない」

「青柳さまに関することで?」

　京之進が不安そうな顔をした。

「利助は龍宝寺の庭の植込みで仕事をしていた。そのとき、長身の遊び人ふうの男は利助がいることに気づかず、仲間と密談をしていたのではないか」

「密談?」

「そうだ。しかし、利助は男たちに気づかれた。それで、男は利助に、いま聞いたことを喋ったら殺すと脅した。話を聞いたほうもただではすまさない。そう脅されて、利助は誰にも言えなかった。おそらく、私に関することだ。どうしても黙っていられなくなった利助は、夜になるのを待ってこっそり家を出た。しかし、脅したほうは利助を張っていたのだ。利助のあとをつけた。すると、八丁堀に向かったのだとわかった。それで、薬師堂を過ぎたところで襲った……」

　剣一郎はいまの推測に間違いないような気がした。そして、ますます息苦しいような圧迫感を受けた。

　長身の遊び人ふうの男とは、玄武の常と白虎の十蔵と関わりがあると言った、あの男ではないか。

　だとしたら密談の内容は……。

「わしを殺す算段だ」

剣一郎は憤然と言い放った。

「青柳さま」

「利助殺しが別の下手人の可能性もあるが、玄武の常と白虎の十蔵と関わりがある男のようだ。このことを頭に入れて探索をしてくれ」

「畏まりました」

京之進が引き上げると、濡れ縁の端に、髪結いが待っていた。


その日の午後、宇野清左衛門の呼びかけで、年寄同心詰所に定町廻り同心の京之進、平四郎、当番方から小平又五郎ら三名の同心が集まった。又五郎が呼ばれたのは当然だった。又五郎は居合の達人であり、奉行所内でも五本の指に数えられるほどの剣客《けんかく》である。そのため、危険の伴《ともな》う捕物出役にはいつも又五郎が指名される。

「玄武の常と白虎の十蔵一味の残党がなりふり構わず青柳どのを執拗に狙っている。これは単に個人の恨みというものではない。奉行所に対する明らかな挑戦である。なんとしてでも、残党を早急に捕らえねばならぬ」

清左衛門が激しい口調で言う。

「植木職人の利助なる者、何かの策謀を知り、青柳どのに知らせようとして殺されたものとみて間違いない。敵がどんな策謀を巡《めぐ》らしているか。あらゆることを考えて手を打たねばならぬ」

「はっ」

京之進と平四郎が同時に応じた。

剣一郎は自分の問題だけに発言しづらく、黙って聞いていた。

「敵はときところ構わず、隙あらば襲撃してくると考えるべきだ。したがって、青柳どのの屋敷の見廻りを昼夜関係なく強化する」

剣一郎が恐れているのは家族に対する攻撃だ。自分の身を守るのはたやすいが、留守中の家族が心配である。

「夜は私と剣之助がおりますゆえ、だいじょうぶです。昼間のみ、警護をお願い出来れば、助かります」

剣一郎はすがるように言った。

「いや。夜こそ一番の問題。見廻りは必要でござる」

清左衛門は言ってから、

「さきほども申したように、これは青柳どのひとりの問題ではない。奉行所の威信にかけても賊を捕らえねばならぬ」

と、強い意気込みを見せた。

「当番方の小平又五郎らは交代で、青柳どのの屋敷の警護をするように」

「畏まりました」

清左衛門の声に、小平又五郎は即座に応じた。

だが、声に力がない。剣一郎は小平又五郎に相変わらず元気がないことが気になった。妻女とうまくいっていないようだと大信田新吾が言っていた。家庭での悩みが案外深刻なことになっているのだろうか。

それにしても、血走っているような目は異様だ。単なる家庭の悩みだけとは思えない。又五郎の身に何かあったのではないか。

「植村京之進と只野平四郎も、当面は玄武の常と白虎の十蔵のほうに力を注いでもらいたい」

「はっ」

京之進と平四郎は応じた。

「青柳どのはひとりでの行動はなるたけ慎《つつし》まれよ」

「お言葉ではございますが、私がひとりで動いているときのほうが敵は現われましょう。私なりに、敵と闘っていきたいと思います」

「さようか」

おとなしくしていろと命じても、じっとしているような人間ではないと清左衛門は見抜いているので、そのことに関してはそれ以上何も言わなかった。その代わり、金井忠之助の妻女に面会する件だがと断ってから、

「御徒頭に申し入れをしてある。断られたら、お目付を通してお願いすると脅しておいた。必ず会えるように取り計らってくれるだろう」

「ありがとうございます」

散会となったとき、平四郎が近付いて来た。

「青柳さま。江戸の道場をしらみ潰しにしてみましたが、該当する侍は見つかりません。柳生新陰流の遣い手は何人かおりました。が、それぞれ調べてみましたが、怪しいところはありませんでした」

「そうであろう。すぐに見つかるとは思えない。ごくろうだった」

「はっ」

平四郎は低頭して部屋を出て行った。

夕方、剣一郎は帰宅した。

「何ごともなかったか」

裃を脱ぎながら、多恵にきいた。

「はい。心配なさるようなことはございません」

多恵にはことの次第を話してある。

与力の屋敷には来客が多い。さまざまな頼みごとでやって来るのだが、その応対をするのが与力の妻たる多恵の務めだ。

もし、賊が客に化けて訪れ、玄関に応対に出た多恵に襲いかかることがないとは言えない。若党や小者に注意をするように命じてあるが、敵の力はそれ以上のものがある。

「今夜から警護のために当番方の同心が交代で見張ってくれることになった」

「わかりました」

多恵は顔色を変えずに答えた。

「恐ろしくはないのか」

「怖くないと言ったら嘘になりますが、与力の妻、武士の妻として逃げるわけには参りません」

力強く、多恵は答えた。

「るいと志乃を守ってくれ」

「畏まりました。家のことは私に任せ、あなたさまは外で立派にお役目を果たしてくださいませ」

多恵は微笑んだ。

「よし」

剣一郎は多恵の肝が大きいことにいまさらながらに感嘆する思いだった。

剣之助が帰って来て、家族が揃《そろ》った。

るいが部屋に入って来て、

「お父上。ずいぶんものものしゅうなるようでございますね」

と、面白そうに言った。

「しばらくの辛抱だ」

「はい。わかっております」

るいは明るく言う。母親に似て、るいも肝が据わっている。

「るいを守ろうとする若いひとが多く、ありがたいことです」

「どういうことだ？」

「るいの護衛を買って出るお方がたくさんいるのです」

多恵の言葉に、剣一郎は苦い顔をした。

警護を引き受けようとする八丁堀の若い侍がるいの外出時には何人もついてくるらしい。みな、るいを嫁にと狙っている連中だ。

「そんなにいるのか」

るいを守ってくれるのはありがたいが、剣一郎は複雑な思いだった。

夜になって、文七が庭先にやって来た。

「門の前で、呼び止められました」

文七が緊張した顔で続けた。すでに警護の者がやって来ているのだ。

「ここを襲ってくる可能性があるのですか」

文七は真顔できいた。

「ある。敵は執拗《しつよう》だ」

「そんなに青柳さまを……」

文七は顔をしかめた。

ふと、剣一郎にある考えが閃《ひらめ》いた。文七を部屋に上げる口実に気がついたのだ。

どんな寒い夜でも、激しい雨の日でも、必ず庭先で剣一郎と接した。上がるように何度も勧めても固辞した。

分を弁《わきま》えて、文七は決して座敷に上がろうとしない。しかし、腹違いとはいえ、文七は多恵の弟なのだ。そういう紹介を多恵から正式にされたわけではないが、剣一郎はそう察している。

「じつはわしが心配なのは、敵の恨みが家族に向かうことだ。昼間はわしも剣之助も奉行所に出ている。その間、当番方の同心がわが屋敷の警護に当たってくれることになっている。だが、同心は部屋には入らない」

「………」

「文七。頼みがある」

「はい」

「多恵たちを守ってやってもらえぬか」

「それは、もちろんお守りいたします」

文七は当然だという顔をした。

「そうか。ありがたい。では、昼間の間だけでも家の中を守ってくれぬか」

「家の中？」

「そうだ。門内は当番方の同心に警戒をしてもらうが、敵は来客を装い、玄関まで立ち入る。応対に出る多恵が危険に晒《さら》される。その際、襖《ふすま》の後ろでそなたに警戒をしてもらえれば、いざというときすぐに対処出来る」

「ですが」

文七がためらった理由は部屋に上がることになるからだ。

「文七。頼む。このとおりだ。多恵を守ってやってくれ」

剣一郎が頭を下げると、文七はあわてて、

「青柳さま。もったいのうございます」

「では、やってくれるか」

「は、はい」

剣一郎は強引に決めた。

ふと、背後に気配を感じて振り返ると、多恵が立っていた。

三

ふつか後、剣一郎は御徒衆の金井家の屋敷を訪れた。

奉行所を通して上役の御徒頭の許しを得た上での訪問であり、金井家のほうはすんなり剣一郎を玄関に上げた。

客間で待っていると、初老の男が入って来た。

「私は忠之助の叔父《おじ》緑川儀兵衛でござる。忠之助の妻女香苗《かなえ》は体調が優《すぐ》れず、お会いすることが叶わぬので、私がお話を承《うけたまわ》る」

山部重吾が駆けつけたとき、すでに屋敷に来ていた男だ。

「さようでございますか。ご心労、多かろうことはお察しいたします。どうぞ御身お大事になさるようにお伝えください」

逃げたのかと思ったが、もともと妻女は病弱だったようだ。剣一郎は見舞いの言葉を口にしてから、

「拙者、南町奉行所与力青柳剣一郎と申します」

と、改めて挨拶をした。

「噂は聞いておる」

「恐れ入ります」

「では話を聞こう」

儀兵衛は挑《いど》むような目を向けた。

「されば、去年の十二月、当家ご当主だった金井忠之助どのにおかれましてはにわかの病にしてお亡くなりになったとのこと」

剣一郎はまずそのことに哀悼《あいとう》の意を表した。

「ご丁寧《ていねい》に……」

儀兵衛は困惑した表情をした。

「しかしながら、まこと病気であったか……」

剣一郎は口調を変えて切りだした。

「あいや、待たれよ」

大きな手を突き出して、儀兵衛はすぐに遮《さえぎ》った。

「なぜ、そのようなことをいまになって問題にするのだ？　残された家族もようやく悲しみを乗り越え、前に進み出そうとしているときに水を差すような話を持ち出すとは……」

儀兵衛は少し興奮してきた。

「申し訳ございません。忠之助どのが病死であったか否かが直接の問題ではありません。じつは、忠之助どのがお亡くなりになるひと月前、元旅籠町の札差『生駒屋』の主人咲右衛門が首をくっております。いまになって、この死に疑問が生じて調べてみますに、咲右衛門は忠之助どのに百両もの金を貸し与えていることがわかりました。しかしながら、その百両は咲右衛門に返済されているのです」

「…………」

「そのわけを忠之助どのに確かめたいと思ったところ、忠之助どのはすでに病死していた。しかしながら、調べてみるに病死ではなく、斬られた疑いがある。咲右衛門の死との関わりが当然気になります」

「青柳どの。なぜ、斬られたと思うのだ？」

儀兵衛は気難しい顔できいた。

「忠之助どのは神田川沿いで心ノ臓の発作により急死なされ、戸板に乗せられてお屋敷に戻られたとのこと。なれど、その戸板に覆《おお》われた布から左手が垂れて血が滴っていたのを見たものが何人かおりました」

何人かとあえて言ったのは、下男の久蔵に疑いがかかるのを恐れてのことだ。

「緑川さま。忠之助どのは何者かの手にかかったのではございませぬか。家督相続に差し障りがあってはならぬという配慮からあえて病死として上役に届けた。そのこと自体を何ら問題にするつもりはありません」

「…………」

何か言いたそうに唇《くちびる》が動いたが、儀兵衛は何も言わなかった。

「ひょっとして、忠之助どのは何らかの陰謀に巻き込まれ、そのことに気づいて逆に殺されたのではないか、そう思ったのでございます。決して、忠之助どのが不正を働いたとは思ってもおりません」

「…………」

「いまさら、病死ではなかったとわかっても、相続は済んでおり、御家にさしたる影響はないかと思われます。それより、真実を明るみにすることこそ、亡き忠之助どののためではございませぬか」

「青柳どの」

儀兵衛が目を見開いた。

「そこもとを信用してお話しいたそう」

「はっ」

剣一郎は居住まいを正した。

「あの夜、急の知らせを受けて、わしはこの屋敷にやって来た。忠之助は座敷に寝かされていたが、仰せのとおり左肩から袈裟懸けに斬られていた。相手はかなりの腕と思えた。連れて来てくれた者たちは私が駆けつけたときには引き上げたあとだった。

香苗が聞いたところによると、通りがかりの浪人と喧嘩になり、刀を抜く間もなく、一刀の下に斬り殺されたとのこと」

「浪人と喧嘩ですか」

「さよう。わしはこの不名誉を隠さねばならぬと思った。戸板で連れて来てくれた男たちも、香苗に他言はしないので病死として始末なされたほうがいいと言い残して引き上げたそうだ」

「その者というのは？」

「ひとりは遊び人ふうの背の高い男だったそうだ」

何を思ったのか、儀兵衛は手を大きく叩いた。

襖の外に、誰かが来た。

「入られよ」

儀兵衛が声をかけると、三十半《なか》ばと思える婦人が顔を出した。

「これへ」

婦人は部屋に入った。

「青柳どのなら信頼のおけるお方だ。心配はいらぬ」

儀兵衛は声をかけた。

婦人は改まって、剣一郎に顔を向けた。

「忠之助の妻香苗でございます。さきほどは失礼いたしました」

病気を理由に顔を出さなかったことを詫びたのだ。

「いえ」

「青柳どのは、忠之助がなんらかの陰謀に巻き込まれ、その不正を糺《ただ》そうとしたために殺されたのではないかとお考えのようだ」

「やはり」

「と、仰いますと？」

「夫は悩みを抱えておりました。お恥ずかしい話ですが、お金の工面でございます。私は体が弱いもので、薬代が嵩《かさ》み、いつしか札差からも何期か先の蔵米を担保にお金を借りており、もうこれ以上は借金が出来ない状態でした。でも、お金のないことの悩みではなく、もっと何か大きな問題だったような気がしたのです」

札差の咲右衛門と同じだと思った。

「それは何か想像がつきますか」

剣一郎は口をはさんだ。

「いえ、わかりません。ただ、青柳さまの陰謀という言葉から夫は何か不正に加担をさせられていたのかもしれないと思いました」

「それらしき何か証拠はありましたか」

「お金です。お金を持っていました」

「忠之助どのは百両を『生駒屋』から借りています。その百両では？」

「それは知りませんでした。ほんとうですか」

香苗はほんとうに知らないようだった。

「忠之助どのは何も？」

「はい。話してくれませんでした。それに、百両などありません。確か、二十両」

「二十両？　それだけですか」

「はい。そうです」

「その二十両はどうしましたか」

「生活費の足しにしました」

「使ったのですね」

「はい」

「そうですか。妙ですね」

「妙と申しますと？」

「忠之助どのは百両を咲右衛門に返しているのです。その二十両だとしたら残りは八十両しかありません。どうやって、百両にして返したと言うのでしょうか」

「さあ」

どうやら、妻女の認識は二十両のみだ。だが、咲右衛門から忠之助へ渡ったのは百両だ。残りの八十両はどこに行ったのか。そして、忠之助が返済した百両はどこから出た金か……。

「どうやら、このあたりに何か隠されたものがありそうです」

剣一郎は呟《つぶや》いてから、

「それから、忠之助どのが戸板で運ばれて来たとき、遊び人ふうの背の高い男が付き添ってきたそうですね」

「はい。三十半ばぐらいの目つきの鋭《するど》い男でした。浪人と些細《ささい》なことから言い合いになって斬られた。知っている人間には口止めしてあるので、病死としたほうが御家のためにはよろしいと忠告してくれました。駆けつけた叔父に相談すると、一度も立ち合うことなく斬られたのは不名誉であるからともかく病死ということにしようと

……」

香苗は涙ぐんだ。

「青柳どのは、戸板で運んで来た者たちは忠之助を斬った人間の仲間だとお考えか」

「おそらく」

咲右衛門と忠之助殺しは同じ人間の仕業だと思った。

「山部重吾どのが、その夜、駆けつけておりますね」

「はい」

香苗が頷く。

「山部どのにはどなたが知らせに？」

「いえ、私どもでは知らせておりませぬ」

「では、どうして知ったのでしょうか」

剣一郎は疑問を抱いた。

「あの夜、忠之助どのはどこへお出かけになられたのですか」

「あの日は非番で、夕方から出かけておりました。行き先は言いませんでした」

「青柳どの。忠之助が謀殺だというのは確かなことであろうな」

儀兵衛が口をはさんだ。

「その可能性は高いと思われます。おそらく、忠之助どのは何者かに悪事に誘われたが、断った。その口封じのためにだまし討ちにあったのではないかと思われます。思うに、忠之助どのはまったく油断していた、つまり刀を抜くとは思ってもいない相手といっしょのときに斬られたのでしょう。だから、刀を抜く間もなかったのです」

一瞬、山部の顔が脳裏を掠《かす》めたが、証拠はないのだと、剣一郎は自分に言い聞かせた。

「そのお話を聞いて、少し心がやすらぐようです。些細《ささい》なことから喧嘩で、刀を抜く間もなく斬られたのはほんとうに犬死。父を喪《うしな》ったことより、不名誉な死だということで伜も苦しんで参りました。いまのお話を聞いたら、伜も父親を見直すかもしれません。さっそく、伜に話してやりたいと思います」

「どうか真相を摑むためにも、何か思い出すことがあったらお知らせください」

「わかりました。青柳どの。どうか、忠之助の仇を討ってやってくだされ。このとおりでござる」

儀兵衛は低頭した。

「必ず、真相を摑んでごらんにいれます」

剣一郎は香苗にも約束をした。

御徒町を和泉橋のほうに向かう。

再び、つけて来る気配があった。しかし、神経を研《と》ぎ澄《す》ましてはじめて気配に気づく。もし、つけられるという思い込みがなければ、なかなか気づかない。それほど巧妙な尾行だ。

敵ではない。これほどの尾行が出来るのは隠密《おんみつ》廻り同心の作田新兵衛《さくたしんぺえ》に違いない。隠密廻りは隠密に市中を巡回し、秘密裏に探索を行なう。新兵衛はあらゆる職業の人間に変装し、事件を探索する隠密廻りの中でもっとも頼もしい存在であった。これまでにも、新兵衛には何度か探索を頼んでいる。

おそらく、剣一郎の警護のために宇野清左衛門が密かにつけたのであろう。玄武の常と白虎の十蔵の手下とて、剣一郎のうしろに隠密廻りが張りついているとは見抜けまい。

剣一郎は神田川に出た。忠之助を運んだ人間は、神田川のそばで斬られたと言っていた。その神田川の辺に立った。

十二月の夜であれば、寒さ厳しく、ひと通りもなかったであろう。ここで、喧嘩騒ぎがあったとしても、見ていた者がいた可能性は低い。逆に言えば、喧嘩騒ぎがなかったのにあったと訴えても誰にもわからない。

忠之助が喧嘩で斬られたというのは嘘だが、斬られた場所はここに間違いないようだ。戸板を運ぶ男たちの姿は目撃されている。

忠之助は何者かにここまで連れて来られた。そして、待っていた侍に不意を衝《つ》かれ、刀を抜く間もなく斬られた。

斬ったのは顔見知りの侍だ。どうしても、山部の顔が浮かぶが……。

戸板を運んで来たのは遊び人らしき男たちだ。付き添っていた長身の遊び人ふうの男はなぜ、病死にしたほうが御家のためだと忠告したのか。

病死となれば事件にならないからだろうが、本気で金井家の今後のことを心配して、斬った侍はあえて付き添いの男にそう言わせたとも考えられる。

山部なら、そうするだろう。どうしても、山部に疑いが向く。しかし、なんとなくしっくりこないものがあった。

剣一郎がその場から離れたとき、和泉橋を渡って来る深編笠の侍に気づいた。その侍が醸《かも》しだす雰囲気に異様なものを感じた。

剣一郎は覚えず身構えて待った。侍は橋を渡り切った。そして、足の向きをこっちに変えた。

侍は剣一郎の前にやって来て立ち止まった。

「青痣与力」

深編笠の侍が呼びかけた。

「やはり、そなたは前夜の……」

柳生新陰流の遣い手だ。

「ここはひと通りがある。誰にも邪魔をされず、ふたりきりで立ち合いたい。明日の夜五つ（午後八時）両国橋《りょうごくばし》東詰の水垢離《みずごり》場にて」

大山詣《おおやまもう》でに行くひとたちが水垢離をする場所だ。いまは季節ではないので、閑散《かんさん》としている。

「承知した」

剣一郎の声を聞くや、侍はすたすたと筋違橋《すじかいばし》のほうに立ち去った。

煙草《たばこ》売りの姿をした隠密廻りの新兵衛が少し離れた場所からその様子を見ていた。


夕方、剣一郎は早めに屋敷に帰った。

門を入ると、当番方の同心小平又五郎が迎えに出た。

「お帰りなさいませ。何ごともございませんでした」

「ごくろうだったな。わしが帰ったからもうよいぞ」

「はあ。いえ、もうしばらく」

又五郎は緊張した声で答えた。

「うむ」

剣一郎は玄関に向かった。

多恵とともに文七が待っていた。

「お帰りなさいませ」

「文七。ごくろうだったな」

文七ははじめて部屋に上がったのだ。

多恵もうれしそうだった。

奥の部屋で着替えを手伝いながら、

「お心遣い、ありがとうございます」

文七のことだ。かたくなに部屋に上がることを拒否してきた文七が部屋に上がったのだ。多恵もほっとしているようだった。

「はて、なんのことかな」

剣一郎はとぼけた。

常着に着替えてから、改めて文七を探すと、庭先にいた。

「どうした、そんなところで？」

剣一郎は驚いて声をかけた。

「青柳さまがお帰りになれば、お部屋でのお役目も済んだと思います。また、明日、お部屋にて警護をさせていただきます」

部屋に上がったのは役目だからと言っているのだ。あくまでも、自分の立場を貫こうとしている。その心持ちがいじらしくもあり、またはがゆくもあった。

「すぐに部屋から出なくともよい」

「いえ。ここのほうが落ち着きますので」

文七は真顔で答えた。

「そうか」

内心では困ったものだと思いながら、

「明日の夜、少し遅くなる。わしが帰って来るまでいて欲しい」

「わかりました」

そのとき、庭に小平又五郎が現れた。

「それでは私は失礼させていただきます」

「うむ。ごくろうであった」

「また、明日参ります」

又五郎は引き上げて行った。

その後ろ姿を、文七が心配そうな顔で見送った。

「どうした？」

「いえ」

あわてて顔を戻してから、

「小平さまは何か悩みでもおありなのではありませんか」

と、文七が言った。

「どうしてだ？」

「はい。ときたまため息をついたり、ぶつぶつ独り言を言ったり、とても辛《つら》そうな表情をしておりました」

「そうか。何か苦しんでいるようか」

「はい。ひと前ではふつうにしていますが、ひとりになったときはとても苦しそうで、体を震わせていることもございます」

「体を震わせている？」

「はい。こんなことを申しては告げ口をするようでいやなのですが、あのお方、自分の悩みばかり頭にあって、警護の役目はおろそかになっているように思えます。常にぼうっとしているようなのです」

「かなり、重症かもしれぬな」

奉行所で会ったときの様子もおかしかった。やはり、妻女とのことだけではないようだ。あとで、大信田新吾にきいてみようと思った。

「わかった。小平と仲のよい者に確かめてみよう。それより、夕餉をいっしょしていけ」

「ありがとうございます。なれど、いったん、長屋に戻ってまた参ります。長屋に食べ物が残っておりますので」

「文七。遠慮は禁物だ」

「はい。決して」

遠慮ではないと、文七は答えた。

夕餉を食べ終わったあと、京之進がやって来た。

「四日前に龍宝寺を訪れた人間を調べたところ、近くの一膳飯屋《いちぜんめしや》の女将《おかみ》が参拝に行ったとき、利助らしい職人がふたりの遊び人ふうの男といっしょのところを見ていたそうです。利助の仲間が見ていたとき、この女将も境内にいたようです。ただ、女将は遊び人ふうの男の顔を覚えておりました」

「なに、ほんとうか」

「はい。じつは、その男、その日の昼に連れの男とふたりで、その女将の店で昼飯を食っていたそうなんです。で、そのとき、ふたりが話しているのを小耳にはさんだそうです」

「なんと言っていたのだ?」

「それが……」

京之進は言い淀んだ。

剣一郎は促した。

「どうした?」

「はい。女将はこう聞いたそうです。さすがの青痣も防ぎきれまい、と」

「さすがの青痣も防ぎきれまい……」

剣一郎は復唱した。

「青痣とは、青柳さまのことではありませぬか」

「そうだ。やはり、玄武の常と白虎の十蔵の手の者に違いない。利助は、わしを襲う策略を聞いたのだ。そのことをわしに知らせようと八丁堀までやって来て殺されたのだ。で、男の人相は？」

「はい。長身の遊び人ふうの男で、面長の頬骨が突き出た不気味な顔をしていたそうです。もうひとりの男は小柄で四角い顔だったそうです」

「わしを襲った頬被りの男も長身で面長だった。おそらく同じ人間だろう」

「いま、その男の似顔絵を作っております。顔を知っていれば、また防ぎようもあります」

「うむ。だが、問題はどんな手を考えているかだ」

剣一郎は顎《あご》に手を当てた。

「さすがの青痣も防ぎきれまいという言葉からすると、毒殺を狙ってくるのではありますまいか」

「毒殺か……。十分に考えられる」

「あるいは、屋敷に火を放つかも」

「うむ。敵はわしをなんとしてでも殺したがっているからな」

剣一郎は暗澹《あんたん》たる気持ちになった。敵は剣一郎ひとりを殺《や》るために他の人間の犠牲を辞さない覚悟のようだ。

「この二点についても、警戒するようにいたします」

京之進は焦ったように言う。

「うむ、頼んだ」

京之進が引き上げたあと、剣之助が駆け寄って来た。

「父上」

「聞いていたか」

「はい。まったくもって、なんという奴でしょうか」

剣之助は憤慨した。

「なりふり構わないことは最初からわかっていた。だが、わし以外の者を巻き添えにするのは許せぬ」

「私も明日から奉行所を休んで屋敷を守ります。父上のいない間、私も家族を……」

「いや」

剣一郎は剣之助の言葉を遮った。

「さすがの青痣も防ぎきれまいと言うのは、あくまでもわしが狙いだ。わしがいないところではまず襲ってはこまい」

「そうでしょうか」

「わしを殺さねば何ら意味もない。ただ、家族を人質にとるということはあり得る。

そのためにも、志乃やるいの外出には十分に気をつけねばなるまい」

「わかりました。志乃とるいにしばらく外出を控《ひか》えさせましょう。るいには若い侍が警護でついてくれるそうですが、万が一ということもあり得ます」

「可哀《かわい》そうだが、用心のためにしばらく辛抱してもらうしかあるまい」

「はい」

剣之助は応じてから、怪訝《けげん》そうな顔をした。

「それにしても、父上に対する相手の執念はあまりにも異常ではありませんか。何度も玄武の常と白虎の十蔵に関する報告書を調べてみましたが、父上が解決した他の事件と比べて特に際立って変わったことはありません。この執拗《しつよう》さはいったいどこから来ているのでしょうか」

「執拗……」

そうだ、確かに執拗だ。そこまで恨みが強いのか。

剣一郎ははっとした。我が身のことで冷静さを欠《か》いていたことに気づかされた。確かに、剣之助の指摘のとおりだ。

冷静になって考えれば、剣一郎に恨みを抱くこと自体、不自然だ。それに、玄武の常と白虎の十蔵に対して、それだけの義理立てをする人間がいたという形跡はない。

仮にいたとしてもひとりであろう。しかし、剣一郎を襲って来た頬被りの男には仲間がいた。柳生新陰流の遣い手もそうだ。金で雇ったにしろ、どうしてそれだけの金を持っているのか。

単に、恨みだけでなく、他に目的があるのではないか。しかし、頬被りの男が玄武の常と白虎の十蔵に関わりのある男だというのは間違いないだろう。それは、内部の事情に通じていたことからも明らかだ。

剣一郎を殺そうとするのは復讐ではなく他の目的からかもしれない。剣一郎はいまの考えを剣之助に話した。

「はい。私もそんな気がしてなりません」

剣之助も同じ意見だった。

「玄武の常と白虎の十蔵の恨みを晴らすために、多大な労力を使っています。恨みを晴らして満足なのでしょうか。そうは思えません。何か、大きな見返りがあるから、父上を襲う。そう考えたほうが敵の行動が理解出来ます」

「うむ。わしを亡き者にすることで、どんな得があるのだ?」

「これから、何か大きな仕事をする上で父上が邪魔なのではありますまいか。玄武の常と白虎の十蔵の件からも青痣与力がいる限り、仕事が思うようにいかない。だから、大仕事を前にと」

「しかし、大仕事とはどんなものだ？　わしがいたからといって……」

剣一郎は突然耳元で爆発音を聞いたような衝撃を受けた。

「まさか」

「父上、何か」

「これから起こることではなく、いま調べていることだ」

「いま調べていること？　では、札差の咲右衛門のこと」

「うむ。その探索を阻止させるために、このような手の込んだことをしているのではないか」

「咲右衛門と金井忠之助殺しに玄武の常と白虎の十蔵の残党が絡んでいるというわけですか」

「そうだ。そう考えれば、すべて説明がつく。つまり、このままであれば、わしはいずれ真相にたどりつく。その前にわしを消そうとした」

まだ、その証拠はない。だが、そうに違いないと思った。つまり、咲右衛門と金井忠之助殺しの探索は間違っていなかったということだ。

だが、どのような形で、奴らは咲右衛門と金井忠之助に近づき、そして、何をしようとしていたのか。

新たな発見は、さらに混迷を深めるだけだった。

四

翌日、出仕すると、剣一郎は宇野清左衛門のところに出向いた。

「宇野さま。少し、よろしいでしょうか」

「うむ。構わぬ」

清左衛門は書類を閉じてから振り向いた。

「何かござったか」

「いえ。いろいろお気遣い、痛み入ります。新兵衛のことも」

「さすがだ。気付かれたか」

清左衛門は苦笑した。

「じつは、ゆうべ剣之助と話していて気付いたのですが、どうも玄武の常と白虎の十蔵の復讐のために私を襲うというのは理解しがたく、ひょっとして、生駒屋咲右衛門と金井忠之助殺しの探索阻止が目的ではないのか。そんな気がしてきました」

剣一郎はそう考える理由を話した。

「なるほど。そうなると、咲右衛門殺しのほうは裏に大きな何かが隠されているということになるな」

清左衛門の厳しい顔が紅潮してきた。

「はい。その何か隠されたものに従わなかったために、咲右衛門と金井忠之助は殺されたとみてよろしいかと」

「うむ」

清左衛門は顔をしかめ、

「すると、玄武の常と白虎の十蔵の手の者というよりは、同じ盗賊だったということになるのだな」

「はい。おそらく、蔵前にて何か大きなことを企《くわだ》てているのではありますまいか」

「なんであろうか。確かに、蔵前には百名以上の札差がおり、ほとんどが豪商だ。蔵には千両箱が唸《うな》っているであろう。そこを狙っているのであろうか」

「まだ、狙いがさっぱりわかりませぬ。ですが、蔵前を中心に何かが動いているのは間違いありませぬ」

「藤川どのの意見を聞いてみよう」

清左衛門は近くにいた同心に猿屋町会所掛与力の藤川右京之輔を呼ぶように命じた。

会所を介して札差を監督している右京之輔なら何か気付くかもしれない。何かあるか調べておくと言ったが、返事はまだもらっていなかった。

右京之輔がやって来た。

「ごくろう」

右京之輔が座ってから、清左衛門は促した。

「青柳どの。説明を」

「はっ」

右京之輔の色白の顔を見て、剣一郎は自分の考えを語った。

「敵の執拗な攻撃が生駒屋咲右衛門と金井忠之助殺しの探索阻止が目的ではないかとおもうように至りました。なれど、いったい、蔵前で何が起こっているのか、まったくわかりません」

右京之輔は真剣な顔つきで聞いていた。

「そこで、藤川さまのお知恵を拝借したいと」

「さようでござるか。蔵前で何かが……」

聞き終えてから、右京之輔は顔をしかめてしばし考え込んだ。深刻そうな表情で考え込んでいたが、やおら口を開いた。

「思いつきでござるが、札差株を手に入れようとしているのかもしれませぬ。ご承知かもしれませぬが、札差の中には跡継ぎがなかったり、違法な営業などで処罰されたりして、株を幕府に召し上げられたものもおります。そういった株を手に入れようとしているのかもしれませぬ」

「札差業に参入とな」

清左衛門は目を剝《む》いて言う。

「いや、思い付きを申したまででございます。たとえば、ある人間が『生駒屋』の咲右衛門の手を借りて、空いている札差株を取得しようとした。だが、咲右衛門は拒《こば》んだ。そのために、殺された。そのようなこともあり得るのではないかと」

「しかし、咲右衛門の一存で株を売り買い出来るのでしょうか」

剣一郎は疑問をはさむ。

「いや、札差株を手に入れるには厳重な審査があります。それは咲右衛門ひとりがどうのこうのいうことは出来ません。ですが、株を手に入れる条件が整っているにも拘《かか》わらず、咲右衛門ひとりが反対したとしたらいかがでしょう。咲右衛門だけが、その人間の汚い部分を知っていたのだとしたら」

「なるほど。十分に考えられることです」

剣一郎は応じて、

「玄武の常と白虎の十蔵に連なる者は札差株を手に入れようとして画策していた。その陰謀に咲右衛門と金井忠之助が巻き込まれた。そうだとすると、まだ計画は中途。咲右衛門の死の真相を調べられれば計画は挫折する。それで、私を亡き者にしようとした。そう考えれば、話の辻褄《つじつま》が合います」

「うむ。藤川どの。札差株はどうなっているのか調べてもらえぬか」

清左衛門が頼んだ。

「わかりました。さっそく調べさせます」

そう言い、右京之輔は立ち上がった。

右京之輔の下に同心がふたりついている。そのふたりの同心が交代で、猿屋町会所に勤務をしているのだ。

清左衛門が厳しい顔で言う。

「青柳どの。自分たちの企みが失敗に終わるかどうかの瀬戸際なので、敵は青柳どのを始末しようと必死なのだ。これまで以上に気をつけてくだされよ」

「はっ」

今宵《こよい》、柳生新陰流の遣い手と決闘することは誰にも話していない。また、誰にも言うつもりはなかった。ただ、隠密廻りの新兵衛がこっそりつけてくる。万が一の場合には、新兵衛がことの真相を清左衛門や剣之助に伝えてくれるはずだ。

「それでは、私は……」

剣一郎は下がった。

与力部屋に行くと、風烈廻り同心の礒島源太郎と大信田新吾がいた。これから巡回に出るところだ。

「新吾。ちょっと訊ねたいことがある」

剣一郎は声をかける。

「小平又五郎のことだ」

「小平さんの?」

予想外の質問だったのか、新吾は不思議そうな顔をした。

「どうも元気がないようなのだ。妻女とうまく行っていないようなことを言っていたが、それだけではないように思う。何か心当たりはないか」

「はあ」

新吾は困惑したような顔をした。

「どうした？」

「はあ。じつは男同士の約束で、口外しないことになっているのですが」

新吾は言いづらそうに答えた。

「妻女のことでか」

「はあ、それに関連したことです。じつは、私も気になって、小平さんに訊ねたのです。そのとき、話してくださいました」

「そうか。男同士の約束を裏切ってもまずいだろう。きかなかったことにしよう」

剣一郎は素直に引き下がった。

「申し訳ありません」

「ただ、いま申したようにかなり苦しんでいるようだ。そなたも、少しあの者に気を配ってやれ。何か、困った成り行きになっているのかもしれぬ」

「わかりました。注意しておきます」

剣一郎はふたりより先に奉行所を出た。

いったん、八丁堀の屋敷に帰り、昼食をとってから、剣一郎は帰りが遅くなることを多恵に告げて、着流しに深編笠をかぶって屋敷を出た。

いつも足を向ける海賊橋のほうではなく、逆のほうに向かった。

八丁堀組屋敷の堀から舟に乗り、剣一郎は向島《むこうじま》に向かった。富島町《とみしまちょう》一丁目、霊岸島、そして田安《たやす》家の下屋敷を右手に見て、船は大川《おおかわ》に出る。

新大橋《しんおおはし》をくぐって大川を上って行く。

向島には剣一郎の剣術の師である真下治五郎《ましたじごろう》が若い妻女とともに住んでいる。鳥越《とりごえ》神社の裏手にあった江戸柳生の道場を伜に譲り、向島に隠居をしたのだ。

両国橋を潜り、左手に浅草御蔵を見て、波の上を一路、舟は向島に向かった。

浅草の五重塔が見え、対岸の向島側に舟は近づいて行く。帆掛け船や屋根船、猪牙《ちょき》舟などで賑《にぎ》わっている。桜の季節であった。隅田堤《すみだづつみ》は桜が見事に咲いていて、花見客がたくさん出ていた。

三囲《みめぐり》神社の鳥居の前にある船着場に到着した。

舟を下り、剣一郎は再び深編笠をかぶって土手を行く。桜の下、春の風もおだやかだが、剣一郎には花を愉《たの》しむ余裕はなかった。

長命寺《ちょうめいじ》名物桜餅《もち》の店の前を通る。紅《あか》い毛氈《もうせん》の縁台は客でいっぱいだ。

真下治五郎の家に近づくと、縁側に立ってこっちを見ている年寄りがいた。治五郎だった。

一瞬胸が詰まった。治五郎も老けたと思った。

剣一郎は足を急がせた。だんだん、治五郎の顔がはっきり見えて来た。喜びをいっぱいに表すように、顔をくしゃくしゃにして笑っていた。

「おう、青柳どの」

治五郎が声をかけた。

「先生、お久しぶりです。お元気そうで」

一時、病気で寝込んだことがあったが、すぐに回復した。もともと、頑健《がんけん》な体の持ち主だ。

横に妻女のおいくがいた。相変わらず若い。二十歳近く若いが、年々、その歳の差が開いていくようだ。

「青柳さま。いらっしゃいまし。ずいぶんご無沙汰《ぶさた》ではありませぬか。さあ、どうぞお上がりください」

「失礼いたします」

剣一郎は部屋に上がり、持参した酒の徳利《とっくり》をおいくに渡した。酒好きの治五郎のために、いつも土産《みやげ》は徳利と決まっていた。

差し向かいになり、剣一郎は改めて無沙汰を詫びた。

「いや、青柳どもも忙しい身。気にするな」

おいくが酒の支度をした。

「すみません」

「さあ、お互い手酌でやろう」

治五郎はうれしそうに酒を口に含んだ。

「うまい。最近はあまり呑《の》ませてもらえんでな」

「呑み過ぎは体に毒ですから」

おいくが子どもに言い聞かせるように言う。

しばらくして、治五郎が訝しげにきいた。

「どうした、青柳どの。進まぬではないか」

「はっ。このあと、まだ仕事を残してまして」

治五郎はじろりと剣一郎を見た。

「青柳どの。さっきから神経が研ぎ澄まされているようだの。わしの目はごまかせん。今宵、何かあるのか」

「恐れ入ります」

あっさり見抜いた治五郎に、剣一郎は感嘆するしかなかった。老いたとはいえ、治五郎の眼力はまだまだ衰《おとろ》えてはいない。

「じつは、今宵、柳生新陰流の遣い手と闘うことになっております」

これまでの経緯を、剣一郎は話した。

「名うての遣い手と思われます。歳は四十前後。一度、相対したとき、お互い正眼に構えたまま一歩も動けませんでした」

「そうか、一歩もか」

「先生には思い当たる人物はございませぬか。いちおう、江戸の道場を調べさせましたが、該当する人物はおりませんでした」

「青柳どのと互角に闘う侍か」

杯《さかずき》を持ったまま、治五郎は考え込んだ。

「わしの同門だった男が教えていた道場に旗本の伜で天才的な剣の持ち主がいた。二十歳《はたち》のとき、師と互角に対峙していたと聞いたことがある」

「旗本ですか」

「小禄だ」

「その者はいまは？」

「その後、家督を相続したが、何かの事件に巻き込まれ、士籍を剝奪され、追放処分になったと聞いたことがある。その後の消息はわからぬ」

「名を覚えておいででしょうか」

「そう珍しい名前だったな。なんとかじ、そうそう座光寺《ざこうじ》だ。下の名前は覚えていない。青柳どの、まさか」

治五郎が顔色を変えた。

「いまお話をお聞きし、その座光寺なんとかという侍のような気がしてきました」

「そうか。座光寺か……」

治五郎は厳しい顔になり、

「もし、座光寺なら手ごわい相手だ」

と、困惑したように言った。

「何か手だてはございましょうか」

剣一郎は治五郎の皺《しわ》の浮いた顔を見た。

しばらく考えていたが、ふと治五郎は口を開いた。

「前回の立ち合いの様子からでは、今回も同じ結果になるだろう。これを破るには柳生新陰流を棄《す》てることだ」

「柳生新陰流を棄てる？」

「そうだ。己から仕掛けることだ。明確に斬るという強い意志を持ってこちらから仕掛けることだ」

「………………」

剣一郎は返答に窮した。

「青柳どのに出来るか。そなたの剣は相手の機先を制する殺人剣ではない。相手の仕掛けに応じて攻撃をする活人剣である。しかし、それでは勝機はない。もし、同じように対峙をすれば、また睨《にら》み合いだけの時間が続くだけだ。負けはしないが、勝ちもしない。いかがか」

剣一郎は黙って首を横に振った。

「であろうな。相手を殺す気で先に仕掛けるなど、青柳どのには出来まい」

「はい」

「己を無にして対峙しても通用する相手ではあるまい。誘いにも乗るまい」

「策はございませぬか」

「付け入ることが出来るとすれば、相手の剣はもはや殺人剣と化している可能性があることだ。剣の腕はますます冴《さ》えても、心は荒《すさ》んでいるはずだ。そこに勝機があろう。つまり、相手は必ず仕掛けてこよう。相手の目的は青柳どのを倒すことにあるのだからな。その一瞬が勝負だ」

治五郎は鋭い眼光を向けて言った。

「お言葉、胸に留めておきます」

夕方になって、剣一郎は茶漬けを馳走になって、治五郎の家を辞去した。

月はないが、星空は明るかった。提灯がなくとも、隅田堤を行き、吾妻橋《あずまばし》の袂を過ぎて、両国に向かった。

つけてくるのは新兵衛だ。八丁堀から舟に乗ったのを見て、新兵衛は陸《おか》を走ったのだ。剣一郎が治五郎の家から出て来るのをじっと待ち、再びつけてくる。隠密廻りの凄さを実感させられた。

五つより、だいぶ前に剣一郎は両国橋の袂から河原に下りた。

河原には小屋のようなものもあるが、この時期は無人だ。

辺りに人影はない。剣一郎は波打ち際まで行った。小さな波が打ち寄せている。

あの侍は元は旗本だった座光寺某《なにがし》という男に間違いないだろう。士籍を剝奪され、追放処分になって、江戸を離れたのだ。諸国を転々としていたのか。そして、どこその地で、玄武の常と白虎の十蔵の手の者と名乗る男と出会い、その仲間に加わった。悪事に手を染めて、今日まで生きてきたのに違いない。

柳生新陰流の剣をひとを斬るために使って来たことが想像される。それを治五郎は荒んだ剣と評した。そして、そこに勝機があるとも。

ふと背後にひとの気配がした。剣一郎は振り返った。深編笠の侍が立っていた。

「青痣与力、よう参った」

鋭い声が発せられた。

「座光寺どのか」

「なに」

相手に動揺が見てとれた。

「やはり、座光寺どのか」

しばらく間があってから、

「なぜ、わかったのだ?」

と、座光寺がきいた。

「それほどの柳生新陰流の腕を持った者なら必ずや存じよりのものがいるものだ。私の師真下治五郎の同門がやっている道場に師に勝る剣客がいたという。それが座光寺という旗本だったと聞いた」

「そうか。見抜かれていたのか」

座光寺は自嘲ぎみに口元を歪《ゆが》めた。

「それほどの腕がありながら、なぜ士籍を剝奪されるようなことになったのだ?」

「昔のことだ。忘れた」

「江戸を離れ、いままでどこにいたのだ?」

「そなたに話す謂《いわ》れはないが、きょうでもう二度と会うこともなくなる。話してやろう」

その場に立ち止まったまま話しだした。

「柳生の庄だ。武者修行だ。名を偽り、しばらくいた」

「なぜ、柳生の庄をあとにした?」

「教わることもなくなったというわけではない。里の人妻と不義をはたらき、いられなくなったのだ」

「正直だな」

「そなたとまみえるのも今宵限りだからな」

「ならば、教えていただこう。そなたは金で雇われたのか、それともこの前の頰被りの男のもともとの仲間なのか」

「答える必要はない」

「ほう。我らはもうまみえることはないと言ったではないか。ならば、話しても問題はないであろう」

「いや。勝負はときの運。よけいなことを喋って、万が一、そなたが生き残った場合に困るからな」

「なるほど。自分が敗れる場合も考えているということか」

「その可能性はほとんどないがな」

座光寺は深編笠の紐《ひも》をほどいた。現れた顔は想像と違っていた。顎が鋭くとがり、鼻が異様に高い面長の顔だった。だが、目は死人のように光がなかった。

「青痣与力。行くぞ」

そう声を放つや、笠を剣一郎に向けて投げつけた。空中でくるくる廻りながら剣一郎をめがけて笠が飛んできた。

笠を追うように黒い影が疾風のごとく向かってきた。剣一郎はとっさに刀の鯉口を切り、腰を落として踏み込んだ。

そのときにはすでに相手は迫っていた。剣一郎は抜刀して相手の脇をすれ違った。

左二の腕に熱いような痛みが走った。そのまま行き過ぎた剣一郎の剣に鈍い手応えがあった。

立ち止まり、剣一郎は振り返った。

座光寺も振り返って剣を正眼に構えた。薄い唇に笑みが漏れている。

座光寺は奇策に打って出た。それはまさに師の真下治五郎が剣一郎に授けた柳生新陰流を捨てる戦法だった。

座光寺の剣はいつしかひとを斬る剣になっていた。もはや、柳生のものではない。だから、剣一郎が出来なかった奇策を使うのに座光寺には何のためらいもなかったのであろう。

もし、治五郎からその奇策の話を聞いていなかったら、座光寺の攻撃を防ぎ得なかったかもしれない。

やがて、座光寺の体が大きく揺れた。次の瞬間、座光寺は口から血を吐いてくずおれた。

剣一郎は駆け寄った。

「座光寺どの」

肩を抱き起こし、呼びかけた。

「見事だ、青痣……」

苦しい息の下から、座光寺は言う。

「気をつけろ。青ふ……」

青ふ、と言ったきり、座光寺の声が途絶えた。

「座光寺どの」

呼びかけたが、座光寺は息絶えた。

「青柳さま」

新兵衛が近付いてきた。

「新兵衛か」

「はっ」

「この者は座光寺某という元旗本だ」

「わかりました。あとはお任せください」

敵は座光寺が殺されたとなれば、いよいよ新たな襲撃を開始してくるに違いない。

「青ふ」と言って座光寺はこと切れた。青痣と呼びかけようとしたのか。「青ふ」とは……。いったい何が言いたかったのか。

第三章　人質

一

翌朝、出仕するや、剣一郎は宇野清左衛門に呼ばれた。

すぐに清左衛門のところに行った。

「青柳どの。ゆうべ、敵をひとり倒したそうだの。夜遅く、新兵衛が屋敷にやって来た」

「死なせてしまったことが残念でなりませぬ」

「いや、生きていたとしても何も喋らなかったであろう。座光寺という男について、お目付にお訊ねしてみる」

「これで、敵は植木職人の利助が知らせようとしてくれた策謀を実行に移すに違いありませぬ」

一膳飯屋の女将が聞いたという、さすがの青痣も防ぎきれまいという言葉。植木職人の利助が剣一郎に伝えようとした内容。さらに、座光寺が言いかけた、「青ふ……」とは何か。いずれにしろ、剣一郎を討とうとする敵の策謀を指しているのだ。

「しばらく、屋敷に留まっていたらどうだ?」

清左衛門は勧めた。

「いえ、それでは敵の思うつぼです。こうしている間にも、敵は咲右衛門殺しの証拠を隠滅しようと動いているはず。時が経てば経つほど、我らは真相が摑めなくなります」

「そうか」

「宇野さまが仰ったように、これは単に私への恨みではなく、奉行所への挑戦。断じて退くわけにはまいりません」

「うむ。青柳どのの覚悟、よくわかった」

「はっ。では、座光寺という元旗本についての調べのほうをお願いいたします」

「うむ」

そこに、藤川右京之輔が近付いて来た。

「よろしいでしょうか」

「うむ。構わぬ」

清左衛門が答えた。
「青柳どの。蔵前の札差のことで気になることがあった」
右京之輔が切り出した。
「御蔵前片町《かたまち》の『上州屋《じょうしゅうや》』という札差が去年の春に欠落《かけお》ちして上がり株になってい
る。その株を深川の米問屋の『佐原屋《さはらや》』が求めようとしたが、生駒屋咲右衛門が反対
していたらしい」
「『上州屋』に何があったのでしょうか」
「理由はわからない。『上州屋』の主人は内儀に先立たれ、子どももなく、生きる気
力をなくして仕事にも精を出さなくなり、稼業も傾いていった。あげく博打《ばくち》に手を出
して、借財を抱え、にっちもさっちもいかなくなって出奔《しゅっぽん》したということだ」
「どうして、咲右衛門は『佐原屋』が札差業に参入するのを反対したのでしょうか」
「よくはわからぬ。ただ、『上州屋』と咲右衛門は親しい間柄だった。反対の理由は
そこらあたりにあったのかもしれない」
「『上州屋』の主人と咲右衛門は親しかったのですか」
「ほんとうは咲右衛門の父親と親しかったそうだ。その関係で、咲右衛門も親しくし
ていたらしい」

「そうですか」

「いちおう青柳どのに伝えておいたほうがいいと思ってな」

「わかりました。さっそく調べてみます」

「うむ」

「失礼します」

剣一郎はふたりの前から辞去した。


それから、一刻（二時間）後、剣一郎は元旅籠町の『生駒屋』の客間にいた。

「咲右衛門は『上州屋』の主人とは親しかったのか」

おとよにきいた。

「はい。先代が『上州屋』さんと親しかったものですから」

「『上州屋』は欠落ちして行方がわからないということだったが」

「生まれ在所の高崎《たかさき》に帰ったのではないかと、主人は申しておりました」

「高崎の出だったのか」

「はい。高崎から出て来て米屋の丁稚《でっち》からはじめて『上州屋』を興《おこ》しました。先代も、その働き振りに感心していました。でも、内儀さんが亡くなってすっかり気落ちしてしまったようです。子どもでもいれば違ったのでしょう。寂しさから博打に手を出したのがいけなかったのです」

おとよはしんみり答えた。

「深川の米問屋『佐原屋』を知っているか」

「いえ……」

「『上州屋』の空いた株を手に入れ、札差になろうとしていたようだが」

「そういえば、そのような話を聞いたことがございます。でも、私はそのことは詳しく知りません」

「そうか。番頭はどうだろう？」

「さあ。ちょっと、呼びましょうか」

「いや、いい」

藤川右京之輔の話以上のことはきけなかった。番頭にきくより、『十徳屋』に訊ねたほうがいいと思った。

剣一郎は『生駒屋』から『十徳屋』にまわった。

主人の長十郎は店にいた。剣一郎を客間に通した。

「『上州屋』のことできたい」

剣一郎は切り出した。

「『上州屋』は欠落ちしたということだが？」

「はい。博打にのめり込み、大負けをしてしまいました、莫大な借財を作ってしまったのです」

「そのあと、深川の米問屋『佐原屋』が株を買いたがっていたそうだが、なぜ実現しなかったのだ？」

「氏素性《うじすじよう》のわからぬ者たちが株を取得して札差業に参入してくることは、秩序を崩壊させるもととなりまする。したがって、株を取得出来るのは仲間うちの兄弟や子ども、長年札差の家に奉公していた者など、信頼の出来る人間に限らせてもらっています」

「『佐原屋』はその条件に当てはまらなかったのか」

「そうでございますね。とくに、『生駒屋』の咲右衛門さんが反対されました」

「なぜ、咲右衛門は反対したのだ？」

「『上州屋』さんに代わって参入してくる札差にはもともと厳しい意見を持っていました。ひと言でいえば、『佐原屋』の主人は信用がおけないということでした」

「もし、咲右衛門が賛成していれば、『佐原屋』は参入出来たのか」

「さあ、それはわかりませんから。他の方のご意見もありますから。ですが、咲右衛門さんの反対は他の方へ相当影響を与えたことは間違いないと思います」

「そなたはどうだったのだ？」

「私でございますか。私は最初は株を譲渡してもいいのではないかと思っていたのですが……」

「『佐原屋』は咲右衛門が反対したことを知っていたのか」

「いえ、一同の意見ということで伝えましたので、誰が反対したかは知らないと思いますが……。でも」

長十郎は息を継いで続けた。

「佐原屋さんと親しい札差はいたでしょうから、その者から聞いたということは考えられます」

「なるほど。『佐原屋』は深川のどこにあるのだ？」

「確か、佐賀町《さがちょう》だと思いました。このことが何か」

長十郎は窺《うかが》うような目できいた。

「いや。念のために調べているだけだ。邪魔した」

剣一郎は立ち上がった。

長十郎に見送られて、剣一郎は外に出た。

これから深川に行ってみるつもりだったが、屋敷のほうも気になり、いったん帰宅することにした。

帰宅すると、相変わらず物々しい警護が続けられていた。宇野清左衛門の気遣いであろう、さらに警護の人間が増えたようだ。若い同心がふたりいたが、小平又五郎ではなかった。

玄関に行くと、すぐに多恵が出て来た。

「お帰りなさいませ」

「昼飯を食べたら、また出かける」

「はい」

文七が出て来た。

「ごくろう。変わったことはないな」

「はい。ございません。探索のほうはいかがでございましょうか」

「うむ。まだ、これといった手掛かりはない」

それでも、『佐原屋』の話をした。

「午後から、『佐原屋』に行ってみるつもりだ」

「私が行けないのが残念でございます」

「いや。そなたにはここの警護を頼みたい。そうそう、きょうは小平又五郎の姿はないようだが」

「小平さまはきょうから夜の警護に就かれるとのことでございます」

「そうか。何か悩みがあるようだが、だいじょうぶだろうか」

剣一郎は気にした。

「はい。だいぶ、心労が重なっているように思います」

「ちょっと、様子を見てこよう」

剣一郎は休むことなく玄関に向かった。

警護に当たっている同心を労《ねぎら》ってから外に出た。

「どうぞ、お気をつけて」

昼間の八丁堀は与力、同心のほとんどは奉行所に出仕しているので静かだ。当直だったものは屋敷にいても就寝中であろう。

屋敷の角を曲がり、与力町を抜けて、同心町《どうしんちょう》に入った。大信田新吾の屋敷の隣なので、小平又五郎の屋敷はすぐにわかった。

今夜に備えて、又五郎は屋敷で待機をしているはずだった。

木戸門を開け、剣一郎は中に入った。

玄関で声をかけると、若党が出て来た。

「これは青柳さま」

「又五郎はおるか」

「いま、ちょっと出ております」

「そうか。では、ご妻女どのにお会いしたい」

「少々お待ちください」

若党が呼びに行くまでもなかった。又五郎の妻女が出て来た。妻女もまた青白い顔をしていた。まだ、三十前のはずだが、心労のせいか老けて見えた。

「青柳さま。いま、外出しております。申し訳ございません」

「いや。たいした用ではないのだ。又五郎には私の屋敷の警護をしてもらっている。そのことで礼を言いたくてな」

「もったいないお言葉でございます」

ほつれ毛が頬に掛かり、妻女の顔には苦悩の色が現れていた。

「立ち入ったことをきくようだが、又五郎との間で何かあったのか」

妻女ははっとしたような表情になった。

「又五郎も何か悩んでいる様子。もし、何かあるなら相談に乗ろう」

「ありがとうございます。心配をおかけして申し訳ございません。なれど、私たち夫婦で解決しなければなりません」

「そうか。困ったことがあればなんなりと言うがよい」

「ありがとうございます」

「邪魔した」

剣一郎は引き返した。

門を出たところで、剣一郎は声をかけられた。

「青柳さま」

さっきの若党だった。

「ちょっとよろしいでしょうか」

「うむ。向こうに行こう」

内密で何かを告げにきたのだと察し、剣一郎は空き地のほうに連れて行った。

そこで立ち止まり、

「聞こう」

と、若党を促した。

「はい。じつは旦那さまと奥さまの不和が最近は激しくなりました」

やはり、そうかと、剣一郎は気を重くした。

「原因はなんだ?」

「じつは旦那さまには外に女子《おなご》がいるようでございます」

「なに、女子が?」

「はい。前々から奥さまは疑っているようでした。たびたび、夜遅く帰って来ます。どこに行っているのか調べてもらいたいと、奥さまに頼まれたことがございます」

「あとをつけたのか」

「はい。深川の冬木町《ふゆきちょう》で見失ってしまいましたが、あの辺りに女の住まいがあるに違いありません」

「そうか。冬木町か」

「はい。奥さまは、離縁を考えているようです」

「なに、離縁を?」

「はい。最近はおふたりはほとんど口をききませぬ。私たちはどうしていいのか戸惑っています」

「そうか。そんな状況だったのか」

「すみません。私が話したことはご内密にお願いいたします」

「心配いたすな」

「では」

若党は引き上げて行った。

離縁か……。剣一郎は胸を重くした。そこまで思い詰めているのか。又五郎の気持ちはどうなのか。妻女の気持ちはどうなのか。

女と縁を切れば、ふたりはやり直せるのか。

そんなことを考えながら、剣一郎は屋敷に戻った。


昼食をとってから、剣一郎は屋敷を出た。

永代橋《えいたいばし》を渡る。大川にはきょうもたくさんの船が出ている。冠雪した富士も望め、気持ちのよい陽気だ。

しかし、剣一郎は気が重かった。咲右衛門殺しの探索も思うように行かず、命を狙われている。その上、又五郎のことだ。

当番方の同心は定町廻りと違って、それほど付け届けがあるわけではなかろう。それなのに妾《めかけ》など囲うとなると、家計は厳しくなる。そのあたりから妻女は疑いを持ったのかもしれない。

橋を渡り、佐賀町のほうに曲がる。

途中、自身番に寄って『佐原屋』の場所をきくと、油堀川《あぶらぼりがわ》の近くだという。

剣一郎は油堀川に向かった。そして、中ノ橋《なかのはし》の手前に『佐原屋』を見つけた。

店先にいる半纏姿の男に、主人への面会を求める。

「へい、ただいま」

男は奥に引っ込んだ。

しばらくして大柄な年寄りが出て来た。

「これは青柳さまで。佐原屋吉兵衛《きちべえ》にございます」

「訊ねたいことがある」

「では、お上がりください」

「いや。そう時間はかかるまい。外に出るか」

忙しく立ち働いている奉公人たちの邪魔にならないように、ふたりは中ノ橋の近くの堀沿いに行った。

「で、ご用件とは？」

「去年、蔵前の札差株を手にいれようとしたそうだな」

「はい。蹴られました」

「なぜだ？」

「よその土地の者はなかなか参入が難しいのですよ。だいたい、札差がお武家さんから受け取った蔵米は蔵前の米問屋に売るんです。蔵前の米問屋は親戚や知り合いなどですからね。その米問屋からさらに高値で売り払う。こうして、利益をむさぼっているのです。こっちは結局、高い米を買わされるわけです。こんな無茶な話はありません。それで、私は思い切って札差株を手にいれようとしたんです。でも、株を手に入れることは出来ませんでした」

「『生駒屋』の咲右衛門が反対したと聞いているが？」

「そうですか。でも、ほとんどの札差がそうやってよそものを撥《は》ねつけているんですよ」

「咲右衛門を知っているか」

「ええ、何度か言葉をかわしたことはあります」

「咲右衛門が去年の十一月に死んだことを知っているか」

「首をくったそうですね。いったい、何があったのでしょうか」

吉兵衛は痛ましげに言う。とぼけているのかどうか、わからない。

「もう一度きくが、『佐原屋』が札差に参入出来なかったのは咲右衛門が強固に反対したからではないのか」

「いえ、仮に咲右衛門さんが賛成してくれたとしても、参入はならなかったでしょう」

「そうか。で、そなたはもう札差の参入は諦めたのか」

「まあ、出来ることなら再度挑戦してみたいとは思っていますが」

「秘策はあるのか」

「札差と親戚にならねばだめですからね」

「親戚となな。そなたには年頃の息子か娘がいるのか」

「伜がいますが、もう嫁をもらっています。娘がいたら、誰でもいいから札差の息子に嫁がせるのですが」

「そうか、株を手に入れるには親戚関係を作り出せば有利なわけか」

「そうでございますね」

吉兵衛は札差への未練がまだあるようだ。娘がいないので、誰かを養女にして嫁がせ、札差へ食い込むということも考えられる。

「他にも、札差株を狙っている者はいるのか」

「たくさんいると思いますよ。札差はまだまだ儲《もう》かる商売だと思っているでしょうから」

「わかった。また、話を聞かせてもらうかもしれぬ」

「はい。いつでもどうぞ」

吉兵衛と別れ、剣一郎は来た道を戻った。

やはり、咲右衛門殺しの裏には、何者かの札差参入の野心があるのか。吉兵衛とて、まだ諦めているわけではないようだ。

仮に、どこぞの美しい娘を養女にし、どこかの札差の長男に嫁がせる。そういう企みを持っていないとも限らない。

そのような娘がいるだろうか。

夕方になって、剣一郎は八丁堀の屋敷に戻った。

すでに、小平又五郎が来ていて、玄関に向かう途中に軽く会釈をした。顔色はすぐれぬが、少しは落ち着いたのかおどおどしたところがなくなっていた。

何も言わないところをみると、妻女も若党も剣一郎が訪れたことを又五郎に話していないのかもしれない。

それからしばらくして、剣之助も帰って来た。屋敷内は、緊張に包まれている。いったい、敵がどんな手で攻めてくるのか。そのことがまったく予想がつかなかった。さすがの青痣も防ぎきれまいという言葉はそこに恐るべき仕掛けが隠されているようだ。職人の利助が剣一郎に伝えようとしたのも、それだけ忌《い》まわしい内容だったからではないか。そして、座光寺が言いかけた「青ふ」とは何か。何と続けたかったのか。いずれにしろ、予想を超えた攻撃を仕掛けてくるに違いない。

八丁堀を火攻めにするつもりか。しかし、敵の狙いは剣一郎ひとりなのだ。確実に、剣一郎を仕留める方法とは……。

わからない。剣一郎は心がざわついてきた。敵は何を考えているのだ。

夕餉のあと、剣一郎は濡れ縁に出た。庭に、小平又五郎の姿が見えた。

又五郎め。妾など囲いおって。剣一郎は妻女の顔を思い出した。又五郎の様子がきのうまでと少し違って見えたのはひょっとして妻女との離縁の決意でも固めたか。

風が出てきていた。黒い雲が流れている。天気が変わるのか。剣一郎は敵の襲撃が間近に迫っている。そんな気がしてならなかった。

当番方の同心小平又五郎は庭を歩き回った。怪しいひと影はない。侵入してくるとしたら塀を乗り越えてくるのだろう。

二

濡れ縁に、青痣与力が立っているのが見えた。

昼間、青痣与力が屋敷に訪ねて来たことを妻の花絵《はなえ》からきいた。ただ、そう告げただけで、どんな用事で来たかを花絵は言わなかった。

だが、聞かなくてもわかる。隣家の大信田新吾から俺たち夫婦の仲がうまくいっていないことを聞いているに違いないと、又五郎は思っている。最近は花絵と言い合いになることが多い。逆上した花絵が大声を出す。隣家に聞こえてしまう。

花絵は権高《けんだか》な女だ。いまだに当番方から抜け出せない又五郎を軽蔑《けいべつ》していた。

だが、捕物出役に出て、乱暴狼藉を働いた者を取り押さえるのは当番方の同心なのだ。そういう危険な仕事をしている。出役のとき、お奉行から水盃《みずさかずき》によって送り出されるのだ。それほど危険な仕事をしていることが理解出来ない。

何度も捕物出役に出て、手柄を挙げていることも眼中にない。定町廻り同心以外は同心ではないと思っているのだ。

そんな冷たい女だから、おひさに心を奪われてしまったのだ。もとはといえば、おまえが悪いのだと、又五郎は妻のせいにした。

おひさをはじめて見かけたのは、二年前の夏に起きた、殺人鬼が人質をとって商家に立てこもった事件の捕物出役のときだった。

肌を焼けつくすような陽射しの、うんざりするような猛暑の中で、あの事件が起きた。その頃、本所《ほんじょ》界隈で多発していた辻強盗に似た浪人に声をかけた岡っ引きが、その浪人にいきなり斬られた。

そのまま浪人は抜き身を下げたまま亀沢町《かめざわちょう》の古着屋に駆け込み、奉公人やら客やらを人質に立てこもったのだ。

例のごとく、お奉行から水盃の激励を受けて、鎖帷子《くさりかたびら》、鉢《はち》巻き、小手などをはめ、たすき掛けの又五郎は検使与力と共に現場に向かった。

そして、隙を見て、立てこもりの古着屋に突入し、十手《じって》で浪人をやっつけて見事に事件を解決した。

このとき、人質になっていた客のひとりがおひさだった。

もっとも、そのときは単に顔を合わせた程度だったが、それからひと月後、非番のとき、深川の仙台堀《せんだいぼり》の近くにある釣道具屋に行った帰りに、おひさから声をかけられたのだ。又五郎もすぐ人質の中にいた女だとわかった。それほど、うりざね顔で、憂《うれ》いがちの目をした女の印象が強く残っていた。

あのときはありがとうございました。いや、お怪我《けが》がなくてなにより。そう返して、そのまま別れたら、その後の人生が大きく変わることはなかった。

近くの呑み屋に誘い、改めておひさの境遇を聞いた。病気の母とふたりで暮らして来たが、母が半年前に亡くなり、いまは仕立ての仕事をしながら細々と暮らしているという話を聞いた。二十六歳の今日まで嫁の話はいくつかあったが、病気の母を残して嫁ぐことはできなかったと語った。

又五郎も酒が入るにつれ、妻への愚痴をこぼした。やさしい眼差しで聞いてくれるおひさといると、心が落ち着いた。花絵からは得られない安らぎがあった。

「もう、萩《はぎ》が咲いているかしら」

ふと、おひさが何気なく呟いた。

「萩が好きですか」

又五郎はきく。

「ええ。母が好きだったんです。寝込むまでは、毎年母とふたりで本所の萩寺に行っていました。もう、三年は行っていません。そろそろ、見頃を迎えるでしょうね」

おひさは萩の花を見ているような目つきをした。

「行きませんか。ごいっしょに」

又五郎は誘った。

「えっ、ほんとうですか」

おひさは目を見開いてうれしそうに言った。

「ええ。ぜひ」

「お時間はとれるのですか」

「非番のときでも、宿直明けのときでも構いません」

それから、五日後、又五郎はおひさと海辺橋《うみべばし》の袂で待ち合わせ、ふたりで本所の龍《りゅう》眼寺《がんじ》に向かったのだ。

亀戸天満宮《かめいどてんまんぐう》にお参りをし、それからその先にある龍眼寺に行った。亀戸天満宮の萩も見頃を迎えていたが、やはり萩寺と呼ばれるだけあって龍眼寺の萩はいろいろな種類があり、数も多く見事だった。

おひさは母親を思い出したのかふと涙ぐんでいた。その顔を美しいと思い、又五郎はなおさらおひさを愛おしいと思った。

その帰り、料理屋により、ふたりはどちらからともなく求めあった。そのうちに、冬木町に一軒家を借り、おひさを住まわすようになったのだ。

おひさとの逢瀬《おうせ》には道楽で釣りをやっていたことが役立った。花絵には釣りだといって、外出出来た。

しかし、女の勘というのは鋭く、自分でも知らず知らずのうちに暮らしぶりが変化をしていたことに、又五郎は気付かなかった。

ちょっとした言葉づかい、ちょっとした仕種、食べ物の好みなどがいままでと違うものがあったようだ。それより、頻繁《ひんぱん》に外出することが不審を招いたのかもしれない。厳冬の寒い時期にも釣りに出かける夫に、疑いをもたないほうがおかしかったのかもしれない。

「又五郎さま」

ふいに声をかけられ、我に返った。

目の前に、風烈廻り同心の大信田新吾が立っていた。

「おう、新吾ではないか」

「はい。青柳さまにお仕事のことでお指図を仰ぎに来ましたら、又五郎さまがいらっしゃると聞いて庭にまわって来ました」

「そうか」

新吾は屋敷が隣同士であり、子どもの頃からよく知っている。弟のような存在だった。

「ほんとうにたいへんなことになりました」

新吾は顔を曇らせた。

「うむ。いつ襲撃してくるかもしれぬので、気が抜けぬ」

「では、私は青柳さまにお会いしてきます」

「うむ」

「また、いつか釣りをごいっしょしたいですね」

「そうだの。そのうち、行こう」

「はい」

新吾は離れて行った。

新吾も、俺に女がいることは知っている。花絵との言い合いも新吾の屋敷には筒抜けだろう。いや、花絵は聞こえるように大きな声でわめいているのだ。

又五郎は大きく深呼吸をした。おひさに会いたかった。たまらなく、会いたい。そして、そして、又一郎《またいちろう》にも。

あのときのことはいまも忘れない。いつものように、釣り竿を持って屋敷を出て、冬木町に行った。

格子戸を開けると、すぐにおひさが飛んで来る。そんないつもの光景がその日に限ってなかった。

「おひさ。いないのか」

又五郎は奥に呼びかけながら、腰の刀を外して部屋に上がった。

居間に行くと、おひさが悄然《しょうぜん》と座っていた。膝の上に組んだ指に目を落としたままで、顔を上げようとしない。

又五郎は急に不安に襲われた。何かあったか。とっさに思ったのは、おひさは又五郎に隠していることがあった。それは男がいたことだ。その男がいまになって現れた。いや、それとも、花絵にここを知られたのか。そんなことがとっさに頭の中を駆けめぐった。

「おひさ。どうしたんだ?」

又五郎はおひさの前にまわって肩を揺すった。

おひさは顔を上げた。困惑したような目を向け、すぐに俯《うつむ》いた。

「何かあったのか」

おひさとの仕合わせが崩れようとしている。そんな不吉な予感がして、又五郎は胸が潰れそうになった。

「来たのか。うちの奴がここに来たのか」

花絵が別れるように言い含めにきたのではないかと思った。

「違います」

やっと、おひさは口を開いた。

「では、何があったのだ？　おひさ、話してごらん」

しばらくためらったあと、おひさは顔を上げた。

「怖いんです」

「怖い？」

「何が怖いんだ」

「言ったあと、あなたがどう答えるか」

何かとんでもないことを言い出すのではないかと思って、又五郎は息を吞んだ。

「さあ、言いなさい」

こくんと頷いて、おひさが口にしたのは意外な言葉だった。

耳を疑い、きき返した。

「出来たのです。ややが」

もう一度、おひさは言った。

「ほんとうか」

「はい。きょう、お医者さまに行って来ました」

「そうか。ややこが」

又五郎は胸の底から喜びがあふれてきた。

「よくやった。おひさ」

「えっ。では、産んでもいいのですか」

「当たり前だ。ふたりの子ではないか」

とたんに、おひさの目から涙があふれだした。

「うれしい」

「そうか。俺が堕《おろ》せというとでも思っていたのか」

「はい。申し訳ございません」

「おひさ」

いじらしくなって、又五郎はおひさを抱きしめた。

生まれたのは男の子で、おひさが又一郎と名付けた。

いま二歳になる。又一郎のことを妻が知っているかどうかわからない。知っていながら口にしないのか。

門の近くで物音がしたが、風で何かが飛ばされただけだった。夜になって、風が強くなっていた。

定町廻り同心の只野平四郎が門を入って来た。

「どうだ、外の様子は？」

又五郎はきいた。

「はい。怪しいひと影はありません」

「そうか。今夜は何ごともないかもしれぬな」

又五郎は呟いた。

「青柳さまにご挨拶《あいさつ》をしてきます」

平四郎は玄関に向かった。

又五郎はひとりになり、空を見上げた。黒い雲が上空を覆っている。

おひさ、又一郎。又五郎は呼びかけていた。

三

翌日、何ごともなく朝がやって来た。

剣一郎は濡れ縁に出た。庭に警護の者の姿があった。

いつまでも、夜通し、同心たちを警護に張り付けているわけにはいかない。自分のいない昼間だけで十分だと、剣一郎は思った。

「おはようございます」

早々と、文七がやって来た。文七も夜遅くまで屋敷にいて、朝も早い。ゆっくり休んでいるのだろうか。

「文七。朝餉は？」

「はい。とってきました」

「遠慮せず、ここでとれ」

「ありがとうございます」

決して、この屋敷で食事をとろうとはしなかった。

「小平さまのことですが」

文七が切り出した。

「ゆうべは少し落ち着いておりました。悩みが少しは解消されたのかもしれません。あれならば、いざというときにもだいじょうぶかもしれません。三日前、よけいなことを申したと反省しております」

「いや、そなたの懸念《けねん》はわしも感じていたことだ」

剣一郎も応じた。

そのことから、ゆうべやって来た大信田新吾の話を思い出した。

先日は男同士の約束ということで話してくれなかったが、やはり心配になって剣一郎に相談に来たのだ。

新吾はこう言った。妻女との間はとうに冷えきっているので、いまさら妻女とのことで思い悩むことはないはずだと言った。心配ごとがあるとしたら、妾とのことではないかと。

又五郎に妾がいるらしいことは想像がついたが、新吾の話ではその妾に子どもがいるらしい。

子どもが病気でもして、そのことで悩んでいるのではないかと、新吾は言った。子どもがいるのは間違いないのかと新吾にきくと、本人から聞いたわけではないのではっきりと決めつけられないが、洩れ聞こえてくる夫婦のやりとりからそう感じられたという。

「ふたつの家の狭間で、小平又五郎は苦労をしているのだろう」

剣一郎は新吾からきいた話をこっそり話してから言った。

「ひょっとしたら子どもの病気云々《うんぬん》ではなく、妻女との離縁の話が進んだのかもしれぬな。子どもまでなしているとなると、又五郎も妾とは別れられまい」

そこに、娘のるいがやって来た。

「父上。朝餉の支度が出来たそうにございます」

満開の桜のような華やかな雰囲気を辺りに漂わせている。これでは若い男は放っておかないだろうと、剣一郎は複雑な思いだった。

「るい。きょうも外出するのか」

「はい。きょうはお琴《こと》の稽古《けいこ》に」

「出来ることなら、しばらく外出を控《ひか》えてもらいたいのだが」

「父上、だいじょうぶですわ。どなたかが必ずついてきてくださいますから」

「誰がついて行くのだ？」

剣一郎は気になった。

「みな、しっかりしたお方ばかりですから心配いりません」

るいは明るく答える。

「では、向こうでお待ちしております。文七さんもごいっしょしませんか」

「ありがとうございます。ですが、済ませてまいりました」

「まあ、そうですの。では、また」

るいは去って行った。

「青柳さまは、るいさまの前ではまったく別人のように見受けられます」

「まあ、娘のことはなんでも気になる」

「るいさまを迎えにこられた若いお侍さまをお見かけしましたが、お三方ともなかなか凛々《りり》しくしっかりしていそうなお方でございました」

「なに、三人もいるのか」

剣一郎は苦い顔をした。

「その中で、特に親しくしている者はおるのか」

「いいえ、分け隔《へだ》てなくおつきあいをなさっているようです」

「そうか」

剣一郎は気を重くして文七と別れた。

出仕して、すぐに宇野清左衛門と会った。

「これだけの警戒をしていれば、賊もおいそれとは襲うことも出来ません。が、この警戒を続けていては、警護の者にも疲れが出てまいります。また、ご番所の仕事にも差し支《つか》えが出ましょう。せめて、夜の警戒は解かれてはいかがでしょうか」

剣一郎は具申した。

「いや。それは早い」

「ですが、私のために奉行所挙げての警備は……」

「あいや、青柳どの。これは何度も申しておるが、奉行所への挑戦だ。青柳どののひとりの問題ではないのだ」

「ではありますが、仮に襲撃があっても応援が駆けつけるまで私と剣之助で持ちこたえられましょう」

「いや。夜は青柳どのには十分に休んでもらわねばならぬ」

「ですが」

「まあ、もうしばらく続けよう」

清左衛門は言ってから、すぐに話題を移した。

「例の座光寺という元旗本の件だが」

「何かわかりましたか」

「うむ。名は座光寺庫之助《くらのすけ》だ。勘定組頭だった座光寺の父親は二十年近く前、贈収賄事件で捕まって遠島《えんとう》。倅庫之助は追放となったようだ」

「贈収賄事件ですか」

「寺社の改修工事に絡む不正だという。家督は倅庫之助には渡らなかった。当時から剣の腕の評判は高かったそうだ。だが、事件の真相ははっきりせぬまま、座光寺の父親ひとりが悪者にされて幕引きとなった。父親は十年前に島で亡くなっている」

「そうでしたか」

座光寺庫之助は父の死を知っているのか知らないのか。

あれだけの腕があれば、庫之助は剣の道で立派に生きていけたはずだ。剣術道場を開いても必ずうまくいっただろう。

だが、庫之助は裏の世界に足を踏みいれてしまったのだ。

「で、札差株の件はどうだ?」

清左衛門がきいた。

「『佐原屋』の主人吉兵衛は札差株の取得に失敗したのは咲右衛門ひとりのせいではないと言ってました」

札差株取得のからくりを話してから、

「玄武の常と白虎の十蔵に関わりを持つ男に美しい娘がいれば、どこかの札差の長男に嫁がせ、株を手に入れやすくする。そういう遠謀を巡らせていたとも考えられます」

「なるほど。その企みを咲右衛門に見破られそうになった。そういうことも考えられるな。伜に縁談が持ち上がっている札差を調べる必要があるな」

「はい。念のために調べるべきかと」

「よし。京之進に手伝わせよう。京之進はきょうは？」

「はっ」

清左衛門は見習い与力に、京之進を呼ぶように命じた。

同心詰所から京之進がただちにやって来た。

「そなたに、札差のほうの調べをやってもらいたい」

「畏まりました」

「仔細は青柳どのから」

清左衛門に促され、剣一郎は経緯を話した。

「玄武の常と白虎の十蔵に関わりを持つ男は娘を札差の長男に嫁がせて株を手に入れようとしていた可能性がある。伜に縁談が持ち上がっている札差を探し、相手の娘の素性を洗ってもらいたい」

「わかりました。古株の札差を当たってみます」

「頼んだ」

京之進は下がった。

「まさか、『生駒屋』の咲右衛門の件がこれほどの大事件に発展するとは思わなんだ」

清左衛門が顔をしかめて声を震わせた。

「はい、誠に」

答えながら、剣一郎はいま向かっている方向がほんとうに正しいのだろうかという疑問を持った。

確かに、玄武の常と白虎の十蔵に関わりを持つ男が札差株を狙っているというのはあり得ない話ではない。何らかの理由で事情を知った咲右衛門を口封じのために殺した。そのことも説明がつく。

であれば、金井忠之助はなぜ殺されねばならなかったのか。そして、咲右衛門との間で行き来した百両はどういう意味があるのか。

清左衛門の前を辞し、奉行所を出て御徒町に向かいながら、剣一郎はずっとそのことを考え続けた。

札差株取得の件だけを考えれば咲右衛門殺しは説明がつくが、金井忠之助殺しは説明がつかない。このふたつの殺しは別物で、たまたま近い時期に起こっただけという可能性もある。

金井忠之助が一刀のもとに刀を抜くことなく斬られたのは、忠之助がまったく油断していた、つまり刀を抜くとは思ってもいない相手に斬られたのではないか。そう考えると、山部重吾に疑いが向かう。

山部重吾の仕業だとしたら、咲右衛門殺しとは無関係といえるかもしれない。だが、忠之助と咲右衛門の間に百両の金の行き来がある事実から、ふたりの死はつながりがあるとみるべきではないか。

しかし、金井忠之助を斬ったのは座光寺庫之助ではなかったか。刀を抜く間もなく斬られているのは油断していたからではなく、刀を抜く間も与えられないほどの手練《てだれ》の者の仕業だということも出来る。

神田川にかかる和泉橋を渡り、剣一郎は御徒町から一本西側の通りの下谷練塀小路にある山部重吾の屋敷に向かった。

門を入ると、玄関から重吾が出て来たところだった。

重吾は渋い顔をした。

「まだ、何か御用か」

「教えていただきたいことがあります」

「何も言うことはありません。出かけるところなので」

「金井忠之助どのが浪人者に斬られたということは忠之助どのの妻女と緑川儀兵衛どのから聞きました」

「…………」

「しかし、私は金井どのは何かの企みに巻き込まれて殺されたのだと思っています。喧嘩で斬られたのではありません」

重吾は眉根を寄せた。

「その心当たりはありませぬか」

「ない」

重吾は首を横に振った。

「以前にもおききしましたが、山部どのは、どうやって金井どのの変事を知ったのでござるか」

「それは、この前も言ったとおりだ。ある者が知らせてくれたのだ」

「その者の名前を覚えていないとのことでしたが、ほんとうはどうなんですか」

「教えてくれたのは『生駒屋』の手代だ」

「『生駒屋』の手代？　名は？」

「いや、ただ、『生駒屋』の手代だと言っただけだ。忠之助が喧嘩して浪人に斬られ、屋敷に運ばれた。そう告げて、すぐに引き上げた」

「なぜ、黙っていたのですか」

「言えば、その者に会いに行くではないか。そうしたら、浪人に斬られたことがわかる。忠之助の屋敷に駆け込んだら、緑川さまがいらっしゃっていた。緑川さまから病死ということで上役に届けると言われたのだ」

「山部どのは、喧嘩相手の浪人に斬られたという言葉を信用していたのですね」

「信用していた。違うのか」

「おそらく行きずりの喧嘩を装っていますが、相手は最初から金井どのを殺すつもりだったに違いありません。金井どのは何者かに現場まで誘《おび》き出されたのでしょう」

「なんと」

「金井どのから何か聞いていませんか。とくに百両のことを？」

「いや。なにも……」

重吾はふと小首を傾げた。

「何か」

「そういえば十月の蔵米支給日のとき、思い掛けずに金を借りられたと言っていた」

「思い掛けずに金を借りられた？」

金井忠之助も何期も先の蔵米を担保に金を借りていて、これ以上は借金は難しい状況にあったはず。それなのに、なぜ咲右衛門は金を貸したのか。それが百両であろう。しかし、この百両はほどなく返済されている。

金井忠之助と咲右衛門の間に何があったのか。いや、ふたりだけの問題ではない。誰かが介在しているはずだ。

重吾もそれ以上のことはわからないようだった。

「お引き止めいたしました」

「いや」

金井忠之助の死に裏があることを知って、重吾はやりきれないような顔をしていた。

剣一郎は重吾と別れ、御徒町から三味線堀を通り、新堀川を渡って、元旅籠町二丁目の『生駒屋』にやって来た。

客間に通され、内儀のおとよと番頭の吉蔵と向かい合った。

「咲右衛門が金井忠之助に百両を貸し与えたということだが、それ以外の旗本、御家人に金を貸してはいなかったか」

「はい。それはございません」

吉蔵が答える。

「他の札差はどうだろうか。目一杯貸しているのに、さらに金を貸している例があるかどうか」

「さあ、聞いてはいませんが」

「そうか」

ふと、思いついて、

「なぜ、金井忠之助はせっかく借りることが出来た金を返しに来たのであろうな」

「他で用立てることが出来たのではありませんか。私どもから借りれば、それなりの利息を払わねばなりませんので」

「ふつうに考えればそうであろうな」

　他に理由は思いつかない。

「それにしても、百両を貸すとは咲右衛門はずいぶん奮発したものだ」

「はい。私も不思議でなりません。旦那さまは、金井さまにのっぴきならぬ事情があるのだろうと仰っていました」

「のっぴきならぬ事情が何かは言わなかったのだな」

「はい」

「そうか。わかった。そうそう、ついでにきくが、札差の中で、近々伜に嫁が来るという者がおるか」

「嫁ですか。さあ」

　吉蔵は首を横に振った。

「番頭さん、確か、『堺屋《さかいや》』さんのとこが？」

　おとよが思い出したように口をはさんだ。

「『堺屋』？」

「はい。御蔵前片町にある札差です。確か、『堺屋』さんの息子さんは結納《ゆいのう》が済んだと聞きました」

「相手はどこの娘御かわかるか」

「確か、田原町《たわらまち》にある足袋《たび》問屋の娘さんです。なんでも、妹がその娘さんとお琴の稽《けい》古《こ》仲間だとかで」

「そうか」

そういう娘なら、そこに企みはなさそうだ。念のために、京之進に調べさせるが、まず疑いをはさむ余地はなさそうだった。

夕方、きょうも剣一郎は早めに帰宅した。屋敷内も変わったことはなさそうだった。どことなく、警護の同心たちも緊張感が緩《ゆる》んでいるようだ。何も起こらないではないかという思いが、みなの間に萌《きざ》したときが危険かもしれない。

「お帰りなさいませ」

多恵が迎えに出た。

「何ごともないか」

「はい」

文七がこっそり座敷から庭にまわったのがわかった。

着替えてから、るいや志乃と顔を合わせる。与力の妻としての心得を多恵から仕込まれている志乃は初々しさを失わずに、それなりの風格を身につけているようだ。

暗くなってから、小平又五郎がやって来て、昼間の警護の者と交代した。

夕餉をとったあと、剣一郎は居間で剣之助と差し向かいになった。

「父上、この厳重な警護では襲うのは難しいのではないでしょうか」

「もし、剣之助が刺客であれば、どうやって襲う?」

剣一郎はきいた。

「まっとうには斬り込めません。しかし、塀を乗り越えるにしても、警護の者に見つかる可能性があります。やはり、出入りの商人に化けて入り込むか……」

剣之助は手だてを考えているが、これといって決め手はないと答えた。

「ただ、さすがの青痣も防ぎきれまいという言葉が気になります。何か、奇策があるのでしょうが、かいもく見当がつきませぬ」

「そうだ。奇策を用いるに違いない。必ず、敵を倒せる奇策とはなにか」

剣一郎にも想像がつかなかった。

剣之助が下がってから、剣一郎は庭下駄《げた》を履《は》いて庭に出た。

庭の桜も満開だ。夜目に薄紅色の花が白く目に映る。やがて、この花も散って行く。季節の移ろいに思いをはせていると、ふいに微かな殺気がした。

はっとして振り返ると、小平又五郎が横切って行った。一瞬であったが、あるかないかの殺気を感じた。文七が近付いて来た。

「青柳さま。よろしいでしょうか」

「うむ。何か」

「いま、八丁堀の界隈を歩き回ってみました。このお屋敷の前から去って行く十徳《じっとく》姿の医者がおりました。供の者を連れておりました。どこぞのお屋敷の貸家に住んでいるものと思われますが、念のためにあとをつけました。ところが途中で姿を見失いました。与力町からは出ていません」

「与力の誰かの屋敷の敷地を借りている者だろう」

「はい。私もそう思いましたが、十徳姿の医者の目つきが鋭いのが気になりました。私の思い過ごしかとは思いますが……」

「わかった。さっそく調べてみよう」

「はい、では。あっ」

行きかけた文七が声をひそめた。

「さきほど、小平さまが青柳さまに近付こうとして、私に気づくと、そのまま立ち去ってしまいました」

「そうか。何か用でもあったか」

剣一郎はなんでもないように答えたが、殺気を感じたことを思い出した。

又五郎は最近、元気がなかった。顔には苦悩の色を湛《たた》えていた。きのうあたりから、何かが吹っ切れたのか、おどおどした様子はなくなったが、かわりに表情に険が出て来た。

又五郎は外に女がいて、子どもまでなしているらしい。そのことで、妻女との仲がおかしくなり、悩んでいるのかとも思った。

だが、それにしては深刻そうな雰囲気だった。

「では、失礼します」

文七が挨拶をして引き上げた。

ひとりになってから、改めて又五郎のことを考えた。

翌日、剣一郎は深川の冬木町にやって来た。

仙台堀沿いの道から冬木町に入る。小商いの店が並ぶ通りを過ぎ、空き地の手前から武家屋敷の塀沿いをまわって、再び町の中に入る。

ひと通り歩き回ってから、剣一郎は自身番に寄った。

深編笠を外すと、詰めていた家主や店番の者は居住まいを正した。

「青柳さまではございませぬか」

鬢《びん》に白いものが目立つ家主が声をかけた。

「この界隈で、妾らしき女が住んでいる家を知らないか。子どもがいるやもしれぬ」

「ひょっとしたら」

家主はすぐに思いついたようだ。

「寺裏に一軒家があります。そこで、若い女と赤子が暮らしております。ときたま、深編笠で顔を隠したお侍さまがやって来ます」

「その侍の顔を見ていないのか」

「はい。見たことはございません」

「わかった。寺裏だな」

「はい」

剣一郎は外に出て、深編笠をかぶった。

寺裏と呼ばれているところは、文字通り複数並んでいる寺の裏に当たる場所だ。

一軒家はすぐにわかった。剣一郎は近くにある惣菜屋に入った。

「そこの家のことできたい」

剣一郎は深編笠をかぶったままきいた。

「なんでしょう？」

亭主がうろんそうな顔で、笠の内の顔を覗き込もうとした。剣一郎は深編笠を人指し指で押し上げた。

「あっ。青痣……。いえ、失礼しました」

あわてて、亭主がぺこぺこする。

「そこの一軒家に若い女が子どもと暮らしていると聞いたが、間違いないか」

「へえ、そのとおりでございます」

「ときたま深編笠の侍がやって来ているようだな」

「はい。そのお侍さまがご面倒を見ている女子です」

「名はわかるか」

「はい。おひささんです。お子のことは又一郎と呼んでいました」

「又一郎か……」

剣一郎は顔をしかめた。

「いま、いるようか」

「いえ、ここしばらく顔を見ていません」

「なに。見ていない？」

「はい。ずっと戸が閉まったままです」

「どこかへ出かけたのか」

「そうだと思います」

「あいさつはなかったのだな」

「へえ、ありません。そうそう、もう十日以上も前になりますか、駕籠があの家の前に停まっていました。おそらく、駕籠で出かけたのでしょう」

「そばに誰かついていたか」

「はい。遊び人ふうの男がふたり」

「どこの駕籠屋かわかるか」

「ええ。提灯《ちょうちん》の屋号はまるに十の字でした」

「まるに十の字？」

「へえ、門前仲町《もんぜんなかちょう》にある『駕籠十《かごじゅう》』ですよ」

「そうか。よく、わかった。礼を言う」

「へえ」

惣菜屋を出てから、剣一郎は門前仲町に向かった。

『駕籠十』は一の鳥居の近くにあった。

間口の広い店先に、駕籠が三梃置いてあった。剣一郎は笠を外して土間に入る。

小肥《ぶと》りの女将が出て来た。

「まあ、青柳さまではいらっしゃいませんか」

「訊ねたいことがある。十日以上前のことだが、冬木町の寺裏の一軒家から若い女と子どもを乗せた駕籠かきはいないか」

上がり框《かまち》で休んでいる筋骨たくましい男たちに聞こえるようにきいた。

「あっしです」

肩に彫《ほ》り物が見える男が立ち上がった。もうひとりの大柄な男も立った。相棒らしい。

「冬木町の寺裏の一軒家から乗せたのに間違いないか」

「へえ、ありません」

「つきそいの男がいたと思うが？」

「へい。遊び人ふうの男がふたりついてきました」

「どこまで運んだのか覚えているか」

「竪川《たてかわ》にかかる四ッ目橋《よつめばし》の袂です」

「橋の袂？　そこからどっちへ行ったかわかるか」

「いえ。駕籠が引き返すのを待ってから歩きはじめたようですから」

「そうか」

ふたりはそれ以上のことはわからなかった。

剣一郎は『駕籠十』を出た。

それから、仙台堀にかかる海辺橋、小名木川《おなぎがわ》にかかる高橋《たかばし》を渡り、竪川に出てから四ッ目橋に向かった。

駕籠で連れて行ったのが遊び人ふうの男だというのが気になる。又五郎の苦悩がはじまったのもその頃だ。

おひさと子どもはどこかに閉じ込められているのではないか。剣一郎はそんな疑いを持った。

四ッ目橋の袂にやって来た。深川のほうは田畑が広がり、百姓家が点在している。橋を渡った本所側は町屋を過ぎると武家地となり、さらに柳島《やなぎしま》村、押上《おしあげ》村へと続く。

子どもを連れた女の足だ。ここからそれほど遠くに行ったとは思えない。この近辺に、おひさたちがいるはずだ。

ふと近付いて来る足音。新兵衛だった。警護のために剣一郎をずっとつけていたのだ。剣一郎の行動に不審を持ったのであろう。

「青柳さま。どうかしたのですか」

煙草売りの姿の新兵衛がきいた。

「さっきの冬木町の家は、小平又五郎の妾の家だ」

「又五郎に妾？」

「うむ。子どもまでなしている」

「なんと」

「その妾と子どもが何者かに連れ去られた。駕籠かきが下ろしたのはこの辺りだという」

剣一郎は事情を話し、

「この付近を探って欲しい。女と子どもが閉じ込められているはずだ。又五郎は人質をとられ、何かをさせられようとしている」

「由々しきこと。必ずや見つけ出します」

新兵衛は緊張した声で言った。

四

夕方に、又五郎は目を覚ました。

若党が用意してくれた夕餉を食べる。花絵は部屋に引きこもって出て来ない。もう、夫婦関係は完全に崩壊した。

花絵がいつおひさの存在に気づき、子どもまでもうけたのを知ったのか。だいぶ前のような気がする。

花絵の父親は猿屋町会所掛かりの同心として、与力の藤川右京之輔の下で働いて来た男だ。

又五郎と花絵の結婚の仲人《なこうど》が藤川右京之輔だったのも花絵の父親の縁からだった。藤川右京之輔はいずれ年番方与力に昇進するであろうと思われているほどの有能な与力であり、その男の後ろ楯《だて》があると思ってか、花絵は最初から又五郎を見下していた。

定町廻り同心になる器量があるというから嫁いだのに、いったいいつになったら定町廻りになるのだとせっつき、最近では買いかぶっていたと厭味《いやみ》を言うことが多くなった。

　おひさに心が惹《ひ》かれたのは当然だと、又五郎は思っている。

　花絵は面子《めんつ》があるから離縁に簡単には応じないかもしれない。いや、花絵のほうから離縁をつきつけてくるかもしれない。

　いずれにしろ、これ以上夫婦でいることは無理だ。子どもが出来たからには、もうおひさと別れることは考えられない。

　又五郎は支度をし、若党に見送られて屋敷を出た。今夜も、青痣与力の屋敷だ。もはや、又五郎はこのまま突き進むしかなかった。

　同心町は同心の組屋敷が並んでいる。同心町から与力町に入ると、風景は一変する。与力の屋敷は三百坪もあり、門も冠木門だ。同心の屋敷がみすぼらしい。

　又五郎は青痣与力の屋敷の門を入った。焦《あせ》りがあるが、焦ってはことをし損じる。

　ゆうべも、青痣与力が庭に出ていた。丸腰だ。

　つい斬りつけようという誘惑に襲われた。いま、襲えば確実に青痣与力を仕留められると思った。

　だが、目の端に文七の姿を見て、襲撃を中止した。いまから考えれば、やらなくてよかった。仮に、うまく青痣与力を仕留めても、疑いは自分にかかってしまう。それでは意味がないのだ。

青痣与力に恨みがあるわけではない。それより、畏敬《いけい》の念さえ抱いている。そんな青痣与力を斬らねばならない自分の運命を呪《のろ》いたかった。だが、青痣与力を殺らねば、おひさと又一郎の命がないのだ。

半月ほど前、又五郎は深編笠をかぶって冬木町の家を訪ねた。

だが、戸が閉まっていた。外出したのかと思い、裏口から家の中に入った。半刻(一時間)ほど待ったが、おひさは帰ってこなかった。

不思議に思いながら、なにげなく長火鉢に目をやったとき、書き置きを見つけた。

おひさが書き残したのかと思って目を通した。

その瞬間、又五郎は悲鳴を上げた。

――女と子どもは預かった。誰にも告げるな。告げたら、ふたりを殺す。あとで指示を出す。指示に従わないと、ふたりの命はない。

目を疑った。急いで、又五郎は外に飛び出し、斜め向かいにある惣菜屋にかけ込んだ。すると、きのうの夕方、駕籠に乗って出かけたと、亭主が言ったのだ。遊び人ふうの男がふたりついていたという。

かどわかされたのだ。奈落の底に突き落とされた。狂おしいほどの激情に襲われ、奉行所に出ても放心状態だった。

翌日の朝、又五郎が出仕するために屋敷を出て楓川沿いを歩いていると、後ろから来た小僧が頼まれたと言って文を寄越した。

急いで開いた。

――今宵五つ（午後八時）、茅場町の薬師堂境内。

又五郎は文を握りしめた。

その夜、屋敷を抜け出し、薬師堂に出向いた。

境内で待っていると、遊び人ふうの目つきの鋭い男が近付いて来た。

「小平さんだね」

「おまえがおひさと子どもを」

又五郎は男に摑みかかった。だが、その手をするりと逃《のが》れ、

「よけいな真似をすると、女と子どもの命はないですぜ」

男は冷笑を浮かべた。

「ふたりはどうしているのだ。無事だろうな。ひどいことをしていないだろうな」

又五郎は泣きそうな声を出した。

「安心してください。あなたが我々の言うことをきいてくだされば、無事におふたりをお返しします」

「おまえは何者なんだ？」

「玄武の常と白虎の十蔵に関わりのある遊佐吉《ゆさきち》ってもんですよ」

「玄武の常と白虎の十蔵？」

「半年前に獄門首を晒した盗賊ですよ。ふたりを捕まえたのが青痣与力の青柳剣一郎です。小平さんも知っているでしょう」

「青痣与力に何を？」

又五郎は胸がざわついた。何かとんでもないことを言い出しそうな様子だった。

遊佐吉はにやにや笑いながら、

「あっしは青痣与力に恨みを晴らしたいんですよ。小平さんに手を貸してもらいたいんです」

「手を貸す？　冗談ではない。俺が青痣与力に敵《かな》うとでも思っているのか。あのお方は柳生新陰流の……」

「あなたも居合の達人でしょう」

「無理だ」

「ええ、尋常に立ち合えば、小平さんも敵わないでしょう。しかし、隙をつけばあなたほどの腕があれば殺れます」

「ばかな。隙をつくことなど出来るか」

「たとえば、奉行所内で不意をついて斬りつけたらいかがですか。襲われるなど、これっぽちも思っていないはずですからね」

「ばかな。そんなことをしたら、俺はすぐ取り押さえられてしまう」

「女と子どもを助けるためなら、ご自分を犠牲にしてもよろしいんじゃありませんかえ」

遊佐吉は口元に冷笑を浮かべた。

「きさま」

「まあ、そんな怒らないでくださいな。確かに、それではあなたに酷というもの。あなたが疑《うたが》われないようにしますよ。やってくれますね」

「だめだ。俺には出来ぬ」

「断るのですね」

「俺には無理だ」

「そうですか。いいでしょう。では、明日、女と子どもをお返ししましょう。ちゃんと戸板に乗せて冬木町の家の前に置いておきましょう」

「きさま」

又五郎は声を震わせた。

おひさと又一郎は俺の命だ、と又五郎は胸をかきむしりたくなった。

門から庭のほうにまわる。障子が開け放たれ、青痣与力と伜の剣之助が話し合っているのがわかった。

俺が青痣与力を殺る。又五郎は現実のことのように思えなかった。おひさと又一郎がかどわかされて以来、まるで夢の中にいるようだ。遊佐吉に心を支配されていることの善悪がわからなくなっていた。

いまは青痣与力を殺ることしか頭になかった。なんとしてでもおひさと又一郎を助けなければならないのだ。

ふと青痣与力が立ち上がり、濡れ縁に出て来た。剣之助は下がっていた。

「又五郎」

はっとした。青痣与力が呼んでいる。

又五郎は緊張しながら濡れ縁に近付いた。

「お呼びでございましょうか」

又五郎は声をかける。

「毎夜、ごくろうだ」

「はっ」

「又五郎、どうだ。敵は襲撃してくると思うか」

「わかりません」

「これだけの警戒をしていれば、敵は襲ってこられないかもしれない。もし、今夜何ごともなければ警戒を解こうと思うがどうだ？」

「しかし、敵の狙いがそれかもしれません。油断をさせて警戒を解いたときに襲撃する。そういう企みとも思えます」

「うむ。だが、いつまでもみなに負担はかけさせたくない」

「わかりました。でも、私はいままでどおり、夜に警護をさせていただきます」

又五郎は訴えるように言う。

警戒を解かれたら、又五郎もこの屋敷から出て行かねばならない。青痣与力を襲う機会を逸《いっ》してしまう。

単に斬るだけなら今でも襲えそうだ。青痣与力はいま丸腰で目の前にいる。いま斬りつければ青痣与力に逃げ場はない。その誘惑を必死に抑えた。

いま斬りかかれば、たちまち自分は他の人間に取り押さえられる。そんなことになったら、おひさと又一郎に二度と会うことは叶わなくなるのだ。

明日だ。勝負は明日の夜だ。

「そうか。そなたの言葉に甘えよう。他のものは手を引かせる」

「はっ」

又五郎は低頭し、下がった。

気がつくと、手にびっしょりと汗をかいていた。

もう、青痣与力を殺る以外に道はないと思ったのは数日前のことだった。

「おひささんと子どもはある場所で無事にしています。だから、安心して青痣与力を殺ることだけを考えてください」

そう言って、遊佐吉はおひさから預かった手紙を寄越した。

手紙には、自分たちは無事だから安心するようにと書かれ、早く会いたいとも記されていた。書かされた内容かもしれないが、おひさの文字に間違いなかった。

悪に屈することは五体を引きちぎられるほどの苦痛を覚える。だが、ふたりの命を守るのは自分の使命だ。自分勝手な理屈だとは重々承知をしているが、青痣与力には死んでもらわねばならない。

遊佐吉はときたま屋敷にやって来た。そして、作戦を指図した。

「夜に数人の浪人が青痣与力の屋敷を襲撃します。小平さんは警護をする振りをして青痣与力のそばにいてください。青痣与力が浪人と対峙をしているとき、あなたは背後から青痣与力に斬りつけるのです。まさか、あなたが襲って来るとは青痣与力は思っていないでしょう」

「背後から……」

又五郎は呟いた。

「そんな卑怯な手でとお思いですかえ。でも、青痣与力を倒すには奇策を用いなければ無理ですぜ。柳生新陰流の遣い手だった座光寺の旦那も青痣与力に敗れたんです」

「しかし」

「青痣与力を斬ったのは賊だということになりましょう。あなたも安全。そうでしょう。ことが終われば、おふたりにすぐ会えるんですぜ。おふたりは早く小平さんに会いたがっていましたぜ」

「わかった」

いまいましげに答えてから、又五郎はきいた。

「なぜ、おまえたちは俺のことを知ったのだ？」

「さあ、なぜですかねえ」

遊佐吉はとぼけた。

「最初から、俺を利用するつもりだったのか」

「いろいろな手を打った中で、あなたが最後の手段でした。だから、龍宝寺の境内で、このことを植木職人に聞かれていたとわかったときは肝を潰しましたぜ。案の定、あの男は青痣与力に知らせに行った」

「話を聞いたばかりに死ぬ羽目になったのか」

痛ましいと、又五郎は思った。

ひとを殺すことなど、なんとも思っていない連中だ。もし、青痣与力の襲撃に失敗したら、容赦なくふたりを殺すだろう。

「で、決行はいつだ？」

「相手が油断したとき。何ごともなく来ましたから、そろそろ。もう襲撃はないと考えるでしょう。警戒を解いたときが勝負です。警護を解くことになっても、小平さんは警護を買って出てください」

そんな会話を交わしていたが、いよいよ今夜で警護が解かれることになった。

遊佐吉の言うように、警護を買って出て許された。明日から屋敷の敷地内を見張るのは又五郎ひとりだ。

四つ（午後十時）を過ぎてから、いっしょに警護の役を担っている朋輩《ほうばい》に屋敷の周辺を見廻って来ると断り、又五郎は門を出た。

周辺を見廻る振りをしてから、又五郎は薬師堂に急いだ。

境内に入る。地蔵堂横の暗がりに、遊佐吉が待っていた。

「今夜で、警護を打ち切るそうだ」

又五郎は伝えた。

「そうですか。じゃあ、明日か明後日、いずれかで決行します。そのつもりでいてくださいな」

遊佐吉は笑みを浮かべて言った。

「終わったら、必ず無事に女と子どもを返してくれるだろうな」

「もちろんですよ。では、成功をお祈りしています」

「襲撃の確かな時刻を教えてくれ」

「いえ、知らないほうがいい。なまじ知っていると、挙動から青痣与力に気づかれないとも限りませんからね」

遊佐吉は不気味に笑った。

又五郎は青痣与力の屋敷に戻った。

庭にまわると、部屋の明かりは消えていた。いよいよだ。明日か明後日。おひさ、又一郎。まっていろ。じきに会える。又五郎は内心で呼びかけていた。

五

翌日、午後になって、剣一郎は竪川にかかる四ツ目橋の袂にやって来た。

朝から雨もよいの空で、辺りは薄暗い。

しばらく佇《たたず》んでいると、遊び人ふうの男が近付いて来た。新兵衛だ。

「青柳さま。今朝から聞き込みをかけたところ、女、子どもを交えた四人がこっちの田畑の道を行くのを見ていた者がありました」

そう言い、新兵衛は深川のほうを指さした。

「どこぞの百姓家にいるのかもしれぬな」

「はい。これから百姓家を当たってみようかと思っています」

「うむ。それほど遠くには行っていないはずだ。手分けをして歩いてみよう」

剣一郎はそう言い、田畑の道を入った。寄せ棟型の藁葺《かやぶ》き屋根の百姓家が点在している。途中で新兵衛と別れ、剣一郎は手前のほうの百姓家に向かった。

家の前に、肥った女がいた。百姓の女房だろう。近付いてくる深編笠の侍を怯えたように見ていた。

「ちょっと訊ねたい」

「へえ、なんでしょうか」

「最近、この辺りで、子連れの女を見かけたことはないか」

そうききながら、剣一郎の目は土間のほうに向かった。暗い土間の戸口に五、六歳の男の子が立っていた。

「いえ、知りません。その女子は何かしたんですか」

「いや。わしの知り合いの嫁だが、喧嘩をして家を飛び出してしまった。駕籠屋が四ツ目橋の袂で下ろしたというので、付近を探しているのだ。どこか、百姓家の離れにでも世話になっているかもしれぬと思ってな」

「そうですか」

男の子が女のところに駆けて来た。この女の子どもらしい。

「おいら、見た」

男の子が言った。

「こら、おまえ。見たって何を見たんだ？　いいかげんなことを言うでねえ」

女が叱《しか》る。

「坊、子どもを連れた女のひとを見たのか」

剣一郎はしゃがんできいた。

「うん」

男の子は頷いた。

「どこで、見た？」

「お化け屋敷」

「お化け屋敷？」

「こら、おめえ、あそこに遊びに行ったのか。あそこに行くでねえと何度言ったらわかるんだ」

女は子どもに言う。

「お化け屋敷とはどこだ？」

剣一郎は女にきいた。

「あの樹の繁《しげ》った向こうにある百姓家です」

女は坤《ひつじさる》（南西）の方角を指さした。田畑のかなたには武家の下屋敷が並んでいる。

「もう十年近く前に、流行《はや》り病で夫婦が亡くなり、子どももどこかに引き取られ、ずっと空き家になっています」

「廃屋《はいおく》か」

剣一郎は鋭い目を廃屋のある辺りに向けた。

「坊、助かった」

母子に礼を言い、剣一郎は来た道を戻った。

遠くに新兵衛の姿があった。剣一郎は手を上げて合図を送った。

新兵衛が駆け寄って来た。

「あの樹の繁った向こうに廃屋があるそうだ。そこかもしれぬ」

剣一郎は百姓の子どもから聞いた話をした。

「間違いなさそうですね」

「ただ、へたに近付いたら感づかれる」

「わかりやした。私が百姓に化けて様子を見て来ます。青柳さまはどこぞでお待ちください」

「では、四ツ目橋の袂で待つ」

「はっ」

新兵衛は小走りに近くの百姓家に向かった。

それからしばらくして、その百姓家から野良着姿に籠《かご》を背負い、片手に鋤《すき》を持った百姓が出て来た。

新兵衛の変装だとわかるまで時間を要した。百姓姿の新兵衛は廃屋のほうに向かった。

剣一郎は四ツ目橋の袂に移動した。

又五郎の妾と子どもは玄武の常と白虎の十蔵に関わりのある男にかどわかされた。

おそらく又五郎は、剣一郎を殺るように脅されているのだ。

はじめは、玄武の常と白虎の十蔵を獄門台送りにした恨みを晴らすために剣一郎への襲撃が繰り返されたと思ったが、実際は生駒屋咲右衛門殺しの探索をやめさせるためだった。そうだとすると、ほんとうに玄武の常と白虎の十蔵に関わりがあるものだったのか、疑わしい。

だが、玄武の常と白虎の十蔵の事情に通じており、関わりがある者だというのは間違いないだろう。

それにしても、敵はなぜ又五郎を刺客に選んだのか。どうして、又五郎に妾がいて、子供までいることを知ったのだろうか。

そこから何かわかりそうだが、閃《ひらめ》きは起きなかった。

半刻（一時間）ほど経って、新兵衛が戻って来た。百姓姿から元の遊び人ふうの格好に戻っていた。

「おりました。破れた壁の隙間から見ただけですが、奥の部屋で縛《しば》られているようです。浪人三人に遊び人ふうの男がふたり、それに女がひとり。警戒は厳重です」

「ふたりの様子は？」

「女も子どももだいぶぐったりしてました。食べ物が満足に与えられていないのか、本人たちが食べる気力がないのか」

「そうか。よし、暗くなってから踏み込もう」

「やりましょう」

新兵衛は力強く応じた。

雨もよいの空はまだ持っている。

剣一郎はここから一番近く町の自身番に行き、夜までに駕籠を用意して待機するように頼んだ。

町方を呼ぶと、敵に気づかれる恐れがあるので、呼ばなかった。

辺りが薄暗くなってきた。

「よし。行こう」

「向こうの下屋敷から近付くほうが気づかれないようです」

新兵衛の言うように下屋敷のほうにまわり、屋敷の間の道を抜けて廃屋へ向かった。

そのとき、前方から三つの黒い影が歩いて来るのに気づき、あわてて樹の陰に身を隠した。

浪人が三人だ。行き過ぎるのを待って、新兵衛が言った。

「廃屋にいた浪人です」

「向かうは八丁堀だ。いよいよか」

剣一郎は三人の去った方角を見つめて拳を握りしめた。

だが、これで廃屋は手薄になった。

廃屋に近付く。雨戸の隙間から微かに明かりが漏れている。出入り口はひとつしかない。新兵衛が戸に手をかけたが、心張り棒がかってあった。

新兵衛は戸を叩いた。

「誰でえ」

内側から声がした。

「忘れ物をした」

「待っててくだせえ」

やがて、心張り棒のはずれる音がした。

戸が音をたてて開いた。剣一郎はいきなり男に当て身を食らわせた。男は呻《うめ》きながら膝を崩した。

新兵衛が素早く板敷きの間に駆け上がった。いろりの傍にいた男が匕首を構えて新兵衛に突進してきた。

相手の腕を摑み、投げ飛ばした。女が眦をつり上げていた。三十歳ぐらいの小肥りの女だ。

剣一郎は女を無視し、奥座敷に向かった。納戸《なんど》として使っていた部屋だ。真っ暗だ。新兵衛が行灯《あんどん》を持って来た。

仄《ほの》かな明かりに、後ろ手に縛られた女と手足を縛られた子どもの姿が浮かび上がった。

新兵衛が女の縄を切り、続けて子どもの縄をほどいてやった。女は震えていた。

「小平又五郎と関わりのある者だな」

剣一郎が女に確かめた。

「はい。おひさです。ひょっとして、あなたさまは青柳さま」

「さよう。もう心配ない。安心しろ」

「はい。ありがとうございました。青柳さまのことは又五郎さまからよく聞かされておりました」

「そうか。さあ、子どもをいたわってやれ」

「はい」

おひさは子どもを抱きしめた。

土間で物音がした。

「新兵衛、逃がすな」

「はっ」

逃げようとしていた女を新兵衛が捕まえた。

呻いている男ふたりと女を縛り上げ、柱に結《ゆ》わえ付けた。

再び、おひさのもとに行く。

「歩けるか。歩けなければ駕籠を呼ぶ」

剣一郎はきいた。

「すみません。歩けそうにありません」

おひさはすまなそうに言う。

「無理もない。新兵衛。駕籠を呼んで来てくれ。自身番で待っているはずだ」

「はい。では」

新兵衛は廃屋を飛び出して行った。

「この子は又五郎との？」

「はい。又一郎と申します。又五郎さまの希望で、青柳さまの名を勝手に拝借して名付けました」

「又五郎とは長いのか」

「三年になります」

「そうか。駕籠がくるまで、しばらくここで待て」

「はい」

剣一郎は男たちのそばに行った。

ふたりの男は青ざめた顔をしていたが、女のほうは不貞腐《ふてくさ》れていた。

「おまえたちのかしらは誰だ？」

「俺は兄貴に誘われただけだ」
二十七、八と思える顔の長い男が答えた。
「兄貴とは誰だ？」

「遊佐吉っていう男だ。浅草奥山で声をかけられた」

「声をかけられた？」

「金になる仕事を手伝わないかと」

「そうだ。女と子どもをかどわかして金にするという話だ」

もうひとりの若い男も答えた。

「あたしだって、女と子どもの面倒をみるだけで十両くれるというから引き受けただけだよ。別に悪いことなんかしちゃいないよ」

女が狂ったように叫ぶ。

「ふたりを監禁しておいて何を言うか」

剣一郎は一喝する。

「どういう素性の女と子どもか知っているのか」

「遊佐吉からは聞いちゃいねえ。八丁堀同心の妾と子どもだと聞いたのは、人質の女からだ」

再び、二十七、八の顔の長い男が答えた。

「冬木町に駕籠で行ったのはおまえたちか」

「違う。俺たちは最初からここにいた。ここで、女たちを預かっただけだ」

「遊佐吉のことはどこまで知っているのだ？」

「何も知らねえ」

三人とも首を横に振った。

どうやら、この連中はおひさと子どもを監禁するためだけに雇われたらしい。

「浪人が三人いたな。あの連中はなんだ？」

「あのお侍も金で雇われた口だよ。ふつか前に来たんだ」

女が口元を歪めて言う。

「ふつか前だと？」

「そうだよ。きょう、やっと仕事だと言って出かけて行った」

「遊佐吉に連絡をとるときはどうしていたのだ？」

「手下みたいなのがときたまやって来るだけだ」

三人は嘘をついているようには思えなかった。

「遊佐吉のことで何か気づいたことはないか」

「別に、何も」

「蔵前の札差の話はしていなかったか」

「いや」

「そうか」

「あっ」

女が何か思い出したように叫んだ。

「確か、遊佐吉は、青不動がついているからって言っていたわ」

「青不動？　不動明王のことか」

「そうでしょうよ」

「そうだ、思い出した」

二十七、八の顔の長い男が口を開いた。
「人質を預かったとき、話合いがつかなかったら人質をどうするのかってきいたら、そのときは殺すって遊佐吉が言ったんです。そうなったら、目的が果たせないのではときいたら、最後には青不動がついているからだいじょうぶだって言ってました」

「不動明王を信仰しているという意味か」

そのとき、新兵衛が戻って来た。自身番の者もいっしょだ。

「駕籠がまいりました」

「よし」

剣一郎はおひさと子どものところに行った。

「駕籠まで歩けるか」

「はい。なんとか」

おひさは立ち上がってすぐよろけた。あわてて、新兵衛が手を差し伸べた。

ふたりを駕籠に乗せてから、自身番の者に、

「まず、医者に見せるのだ」

と、伝えた。

それから、男ふたりと女を自身番まで送り、剣一郎と新兵衛は八丁堀に向かった。

その途中、ふと座光寺庫之助の死に際の言葉が蘇《よみがえ》る。「青ふ……」と言いかけた。ひょっとしたら、青不動と言おうとしたのではないか。

青不動……。その言葉が剣一郎の胸に重くのしかかった。

第四章　青不動

一

その夜、五つ（午後八時）過ぎに、剣一郎は屋敷に戻った。

今夜から警護は解いており、自ら願い出て警護を引き受けた小平又五郎がいつになく緊張した顔で門内に立っていた。

「おかえりなさい」

又五郎は剣一郎に頭を下げた。

「ごくろう」

おひさと子どもを救出したことは、まだ又五郎に言わなかった。

剣一郎は玄関に上がると、文七が庭に出て行こうとした。

「文七。待て」

剣一郎は呼び止めた。

「小平又五郎は敵に強要され、わしを襲う羽目においやられている」

剣一郎はわけを話した。

文七は目を見開いて驚愕《きょうがく》しながら聞いていた。

「よいか。又五郎はときたま外の見廻りと称して屋敷を出て行っている。敵と連絡を取り合っているに違いない。今夜も出て行くだろう。あとをつけるのだ」

「はっ、畏まりました」

文七は緊張した顔で答えた。

それから、剣之助を呼び、今夜襲撃があることを伝えた。そして、小平又五郎のことも話した。

「この機に、敵を迎え撃ち、捕らえたい。ただし、奉公人には知らせるな。動揺するだけでなく、敵に感づかれる恐れがある」

敵の狙いはあくまでも剣一郎である。へたに動いて、巻き込まれてはならない。そう配慮したのだ。

「わかりました」

多恵、るい、志乃たちを守るように剣之助に言い、剣一郎は遅い夕餉をとった。

そのあとで、剣一郎は部屋に引きこもった。今夜で決着をつける。そう気負ったが、それは無理なことに気づいた。

自分を襲撃してくる賊を捕らえることは出来るかもしれない。だが、咲右衛門と金井忠之助殺しは何の進展もないのだ。

黒幕が存在する。その黒幕はここまで姿形も見えない。

四つ（午後十時）を過ぎてしばらくしてから、文七が庭先にやって来た。剣一郎は濡れ縁に出た。

「いま、小平さまが薬師堂に行きました。境内に遊び人ふうの男と三人の浪人が待っていました」

又五郎が薬師堂の境内に入ったのを確かめて、文七はすぐに引き返してきたと言う。

「よし。ごくろう。よいか、騒ぎが起きたら、宇野さまの屋敷に走れ。そこに、新兵衛が待っている」

宇野清左衛門の屋敷に、こっそり植村京之進や只野平四郎を呼びつけておくことは新兵衛と打ち合わせ済みだった。

「畏まりました」

文七は庭の暗がりに消えた。

剣一郎は玄関にて又五郎を待った。薬師堂の境内で、襲撃の手筈《てはず》を整え、いったん又五郎は屋敷に戻って警護の振りをしながら浪人たちの襲撃を待つはずだ。

門が開いて、又五郎が入って来た。

玄関に、剣一郎の姿を認め、又五郎はぎょっとしたように立ち止まった。

「又五郎。こっちへ」

剣一郎は声をかけた。

「は、はい」

強張《こわば》った声で答え、又五郎が近付いて来た。

「上がれ」

「はい」

又五郎は刀を腰から外し、右手に持ち替えて、式台に上がった。

剣一郎は又五郎を客間に通した。行灯の明かりに、又五郎の青ざめた顔が浮かび上がった。肩が微かに震えていた。

「座るのだ」

「はい」

剣一郎は又五郎と差し向かいになった。

「又五郎。落ち着いて聞くのだ。おひさと子どもは無事救出した」

「えっ？」

言葉が理解出来なかったのか、又五郎は怪訝《けげん》そうな顔をした。

「おひさと又一郎だ。きょうの夕方、深川の廃屋にとらわれていたのを新兵衛とともに助け出した。いま、医者に見せている。少し弱っているようだが、生命に別状はない」

「まことでございますか」

又五郎は目を剝いた。

「まことだ。もう、そちを縛るものは何もない」

「ああ」

又五郎は悲鳴を上げて畳に突っ伏した。

「よかった。ありがとうございました」

そう言ったあとで、いきなり又五郎はあとずさった。

「申し訳ございません」

又五郎は畳に額をくっつけて、

「まことに申し訳ございません。女と子どもを人質にとられていたとはいえ、私は青柳さまの命を狙っておりました」

平伏し、泣きながら又五郎は訴えた。肩が激しく波うっていた。

「もう、よい。顔を上げよ。それより、敵のことを話せ」

剣一郎はあえて静かに切りだした。

「はい。私に指図をしていたのは遊佐吉という男です。玄武の常と白虎の十蔵に関わりのある者だと言ってました」

「遊佐吉はどんな男だ？」

「長身で面長の目つきの鋭い男でした。かなり、残虐な感じです」

この男がすべてを差配していたようだ。だが、遊佐吉の背後に誰かいることは間違いない。

「で、今宵、襲撃してくるのだな」

「はい。九つ（午前零時）の鐘を合図に忍び込んできます」

「遊佐吉もいっしょだな」

「はい。見届け役としてついてくるはずです」

「よし。そなたは、まだ敵に味方と思わせ、向こうの手筈どおりことを進めよ。いざという段になって、反撃する。一網打尽にするのだ。決して殺すな。捕らえるのだ。

よし、では、持ち場に」

「はっ」

又五郎は平伏して立ち上がった。

剣一郎はやって来た剣之助に、襲撃が九つだと告げた。

犬の遠吠えがする。剣一郎は座敷で正座をして時が来るのを待った。

宇野清左衛門の屋敷に新兵衛たちが待機をしている。文七が知らせに走るまでもなく、騒ぎが起これば、すぐに駆けつけてくるはずだ。

また、新兵衛は八丁堀の周辺を捕り方で固めているはずだ。遊佐吉たちは完全に袋の鼠《ねずみ》も同然だった。

遊佐吉を捕まえれば、青不動のことがわかる。青不動がついているという遊佐吉の言葉の意味は何か。

遊佐吉の背中に不動明王の刺青《いれずみ》があり、自分は不動明王に守られているという意味なのか。しかし、座光寺庫之助も青不動と言おうとした可能性がある。

いずれにしろ、遊佐吉を捕まえれば、咲右衛門殺しや金井忠之助殺しの真相が明らかになる。

時は静かに流れた。風もなく、外は静かだ。嵐の前の静けさか。

微かに鐘の音が聞こえた。九つだ。いよいよだと、剣一郎は立ち上がり刀を摑んだ。

部屋の真ん中に立ち、剣一郎は敵を迎え撃つ態勢をとった。まだ、外は静かだった。ひとが忍び込んで来た気配はなかった。

さらに時は経過した。静かだ。

「失礼します」

襖を開けて、剣之助が入って来た。

「九つを打ってから四半刻（三十分）経ちました」

「うむ。妙だ」

剣一郎は不審を持った。

又五郎の裏切りが気づかれたのか。

「青柳さま」

庭先から又五郎の声がした。

剣一郎は濡れ縁に出た。

「おかしゅうございます。いまだに襲って来ません。九つというのは間違いありません。確かに、そう話していました。ちょっと、薬師堂に行ってみます」

又五郎は焦っているようだった。

「気をつけるのだ」

剣一郎は去って行く又五郎に声をかけた。

「父上。やはり、妙です」

「うむ」

又五郎の裏切りに気づいたとしたら、どうして気づいたのか。おひさと又一郎が奪われたことを仲間のひとりが知って遊佐吉に急報したのか。

あの廃屋でのことを、仲間がどこかで見ていたのか。又五郎はもう役に立たない。そう踏んで、襲撃を諦めたのか。

息せき切って、又五郎が戻って来た。

「遊佐吉たちはいませんでした」

「そうか。そなたのことが遊佐吉に知れたのかもしれない」

「しかし、四つ過ぎに薬師堂で会ったときにはそのような気配は微塵もありませんでした。いったいどうして」

又五郎は泣きそうな声を出した。

「そのあとだ」

剣一郎は呻くように言った。

「気づかれたとしたら、そのあとだ」

「でも」

「ひょっとしたら、おひさと子どもが救出されたことを知らせに来た人間がいるのかもしれない」

そのとき、門のほうがざわめいていた。

やがて、新兵衛がやって来た。

「青柳さま。茅場町のほうを見張っていた小者から報告がありまして、半刻（一時間）ほど前に、遊び人ふうの男と浪人三人が霊岸島のほうに向かって行くのを見かけたそうです。声をかけたそうですが、振り切って去って行ったと」

「遊佐吉たちです」

又五郎が気負い込んで言った。

「やはり、又五郎の裏切りに気づいたのだ」

剣一郎はいまいましげに言った。

「しかし、どうして気づかれたのでしょうか」

「それが不思議だ。新兵衛、あのとき、どこかから仲間が見ていたと思うか」

「いえ、そのような人間はいなかったはずです。あるとすれば、駕籠かきからか、医者からの線か」

「明日、念のためにそのあたりを調べてくれ」

「はい」

続いて、京之進と平四郎がやって来た。

「界隈を調べましたが、不審な人間は見当たりませんでした。すでに、八丁堀から逃げ去ったものと思われます」

代表して、京之進が報告した。

「ごくろうだった」

せっかくの機会を逸したことが無念だった。

「みな、ご苦労だった。連夜、遅くまでの警護で疲れておろう。今宵は、もう引き上げて早く休め」

「いえ、万が一ということがあります。私は残ります」

又五郎が訴えるように言った。

「又五郎。そなたはずっと気を張りつめて来たのだ。今宵はゆっくり休め。そして、明日早く、おひさと子どものところに行ってやるのだ。新兵衛、案内してやってくれ」

「畏まりました」

「ありがとうございます」

又五郎は深々と頭《こうべ》を垂れた。

翌朝、剣一郎はいつもの時間に出仕した。

そして、四つ半（午前十一時）に、宇野清左衛門とともに年寄同心詰所に行った。

すでに、京之進と平四郎、それに新兵衛、警護に加わった当番方の同心が集まっていた。又五郎だけは本所にある医者のところに行って姿はなかった。

一同を見廻し、清左衛門が咳《せき》払いをしてから口を開いた。

「みな、ご苦労であった。完全に危険が去ったわけではないが、これ以上の攻撃の可能性は低いであろう」

まだ、安心するには早く、きょうは剣之助が非番で屋敷におり、文七もいままでどおり、屋敷に詰めてくれている。

清左衛門が剣一郎に顔を向けた。

会釈をし、剣一郎は一同を眺《なが》めた。

「今回のこと。このとおり、礼を申す」

剣一郎は頭を下げた。

「とんでもない。当然のことをしたまででございます」

あわてて京之進が口をはさんだ。

「いや、それでも、心労はたいへんだったはず。素直に礼を言わせていただく」

もう一度、剣一郎は頭を下げた。

そして、口調を改めた。

「しかしながら、まだ事件が解決したわけではない。昨夜、遊佐吉なる男が襲撃を急に中止したのは又五郎の裏切りに気づいたからであろう。問題は、なぜ気づいたかだ。新兵衛、おひさのほうはどうだった?」

「今朝、又五郎を案内しながら確かめてきましたが、遊佐吉の仲間らしき者がおひさの周辺に現れた形跡はありません。おひさ救出の知らせが遊佐吉に届いた可能性はないと思われます」

「そうか。だが、遊佐吉が襲撃を中止したのは又五郎の裏切りがわかったためだとしか考えられない。遊佐吉は何らかの方法で知ったのだ」

「我々が宇野さまのお屋敷に集結したのを嗅ぎつかれたということはありませぬか」

平四郎が考えを述べた。

「その可能性はある。だが、集結したことと、又五郎の裏切りとがどう結びつくか」

剣一郎は疑問を呈《てい》した。

「まさか、敵の一味がわしの屋敷にもぐり込んでいたわけではあるまいな」

清左衛門が口をはさんだ。

「新兵衛」

ふと、思いついて、剣一郎は新兵衛にきいた。

「その場で、又五郎の話をしたな」

「はい。みなに経緯を話しました」

「そのとき、不審な人間はいなかったか」

「いえ、その点は私も注意を払いました。誰もいなかったはずです。また、どこかから何者かが聞き耳をたてていることもなかったと思います」

新兵衛の声を京之進が引き取った。

「私も気をつけていましたが、我々以外、誰も聞いていなかったはずです」

「そうか」

壁に突き当たったように、剣一郎は難しい顔をした。

その件に関しては、決め手になるような意見が出なかった。

「ひとまず、その件はおいといて、他の調べから報告を受けたい」

剣一郎は改めて一同に声をかけた。

「まず、遊佐吉の素性のことです。玄武の常と白虎の十蔵がそれぞれ江戸で暮らしていたときの近所の人間やつきあいのあった者たちに確かめたのですが、ふたりに身内がいた形跡はありませんでした。遊佐吉という名前も誰も知りませんでした」

と、平四郎が話した。

「知らない？」

周囲の者が気づかなかっただけなのか、それとも遊佐吉が嘘をついているのか。しかし、遊佐吉は事情に通じていた。

「遊佐吉は玄武の常と白虎の十蔵のことをよく知っていた。身内ではなかったにしろ、何らかの形でつながっていた男に違いない」

そう剣一郎が言ったとき、頭の芯《しん》が疼《うず》くのを感じた。以前にも感じたことがある。

何か閃こうとして、またも失敗した。

「それから、俺には青不動がついていると言っていたらしい。不動明王の加護があるという意味にとれるが、青不動と異名をとる人間が背後にいると考えたほうがいい。

青不動という名を聞いたことがあるか」

「いえ、ありません」

京之進も平四郎も否定した。

「異名だとしたら、その男の背中に不動明王の彫り物があるので、そう呼ばれているのかもしれない。青不動について心に留めておいてもらいたい」

「はっ」

一同が揃って返事をした。

剣一郎はさらに続けた。

「京之進。蔵前の新しい札差の参入はどうだ?」

剣一郎は次の話題に移した。

「はい。今度、嫁をもらう札差の件は四人おりました。いずれも父親は酒問屋、材木商、反物問屋、足袋問屋と身元が確かな娘ばかりでした。養女はおりませんでした」

「その四人の中に、御蔵前片町にある『堺屋』の件も含まれているのか」

剣一郎が『生駒屋』の内儀から聞いた件を確かめた。

「はい。足袋問屋の娘がそうです」

「そうか」

「何人かの札差からはいくら嫁の実家といえど、札差株の取得は厳しく調べるので、簡単には取得出来ないという意見を聞きました」

「そうかもしれぬな」

剣一郎もそんな気がしてきた。

「ともかく、平四郎は遊佐吉を探せ。遊佐吉の面は割れている。それから、京之進はさらに札差株を中心にもっと札差の裏側を調べてくれ。我々は、真相のすぐ近くにいるのだ」

「はっ」

「それから新兵衛は、なぜきのうの件が敵に悟《さと》られたのか、それを探ってもらいたい」

「畏まりました」

「宇野さまのほうから何か」

「いや、何もない。引続き、探索に精を出すように。そなたたちは、持ち場に戻るように。何かあったら、また手を借りる」

清左衛門は当番方の同心に声をかけた。

「では、これにて」

清左衛門の言葉で、話合いは終わった。

剣一郎はなんとなく気持ちがすっきりしなかった。ゆうべ敵はいやにあっさり引き下がった。襲撃しても成功は覚束《おぼつか》ないと思ってのことだろう。しかし、執拗に剣一郎に襲いかかって来た敵が、このまま襲撃を諦めるだろうか。

ほんとうに、これで襲撃は終わったのか。

「青柳どの。どうかなさったか」

清左衛門の声にはっとした。

「いえ、なんでもありませぬ」

気がつくと、部屋に清左衛門とふたりきりだった。

「何かまだ気がかりなことがあるのではないか」

清左衛門がきいた。

「ゆうべ、遊佐吉はあまりにも鮮《あざ》やかに手を引きました。危険を察してのことでしょうが、それにしてもあまりにもあっさりしています。まだ、何か手だてを隠しているのではないかと」

「また、襲撃してくると言うのか」

「なんとなく、そんな感じが……」

「考え過ぎではないのか」

「そうかもしれません」

「まあ、念のためだ。誰かに、屋敷の警戒をさせよう」

「はあ」

剣一郎は重たい気持ちのまま部屋をあとにした。

二

その日の午後、又五郎はおひさと又一郎を本所の医者のところから新兵衛が用意してくれた浜町堀にある商家の離れに移した。

今朝早く、医者のところにいたふたりと再会したが、おひさも又一郎も元気そうだった。再会出来た喜びに、又五郎は涙が出そうになった。

昼近くになって、駕籠を呼び、この離れまでやって来た。用心のため、冬木町の家にはしばらく帰らないほうがよいという新兵衛の忠告だった。礼を言うと、青柳さまの言いつけに従ったまでと、新兵衛は答えた。

ふとんを敷《し》いたが、おひさは寝ようとしなかった。又一郎も又五郎のそばにくっついている。

「どうした？　休みなさい」

又五郎はおひさに言った。

「いえ、だいじょうぶです」

「それにしても、私のせいでずいぶんと辛い思いをさせてしまった。すまない」

「何を仰りますか。あなたさまのせいではありません。でも、こうしてお会い出来てうれしゅうございます」

「俺もだ。これも青柳さまのおかげだ」

又五郎はしみじみと過ちを犯さなくてよかったと胸をなでおろした。もし、青痣与力を襲ったとしても成功したかどうかわからない。いや、失敗しただろう。そうなれば、もう自分の人生は終わりだった。

仮に成功したとしても、一生罪の重荷を背負っていかねばならなかっただろう。いずれにしろ、このような喜びを味わうことはなかったはずだ。

「おひさ。俺は決めた」

「決めた？　何をでございますか」

「妻とは別れる」

「えっ、そのようなことをしたら奉行所でやっていけなくなるのではありませんか」

「おそらく、意趣返しにやめるように仕向けられるだろう。それでもよい。そなたに苦労をかけるかもしれぬが……。じつは、神田佐久間町にある剣術道場の師匠が俺を気に入ってくれている。うまくいけば雇ってくれるかもしれない」

「いけません、奉行所をやめては。日陰の身でも、私はだいじょうぶです」

「ありがとう。だが、妻とはいっしょにいられない。お互い、不幸になるだけだ。貧しくとも、そなたと又一郎といっしょに暮らしていきたい」

おひさが俯いた。

「どうした?」

「うれしいんです」

「おひさ」

又五郎はおひさの肩を抱きしめた。

その夜、帰宅した又五郎は妻の花絵と差し向かいになった。

花絵は口元に冷やかな笑みを浮かべている。

「お話って何かしら」

「俺たちはこれ以上いっしょにいてもお互い傷つけあうだけだ」

「離縁したいと仰るのね」

「そのほうがいい」

「いやです。お断りいたします」

「なぜだ?」

「なぜ? 異なことをお訊ねになりますこと。なぜ、離縁を承知しないと問われても困ります」

「俺に愛情があるわけではないのに、なぜ別れようとしないのかときいているのだ」

「またまた、異なことを。どうして、そう一方的に決めつけるのでございますか」

花絵は今度は皮肉そうな笑みを浮かべた。

「あなたは外に女をこしらえ、子どもまでもうけたのですよ。それで、私を離縁などしたら、あなたは世間の非難を一身に集めましょう」

「ふん」

又五郎は鼻で笑った。

「花絵。俺が知らなかったとでも思っているのか」

「何がでございますか」

「とぼけるのか」

「とぼけるも何も、私にはあなたが何を言っているのかさっぱりわかりません」

「では、言ってやろう。藤川さまとのことだ」

「…………」

花絵の顔色が変わった。

「そなたは、俺のところに嫁に来る前から藤川さまと親しかったのだ。今でも、ときたま藤川さまと密会していることを知っている。最初に、おまえが俺を騙したのだ。そして、俺をずっと騙し続けて来た。何年もな」

花絵は唇をわななかせた。

「俺がおひさと親しくなったのもそのためだ。藤川さまを怒らせて、俺は奉行所をやめさせられるのを恐れて何も言えなかった。だが、もう腹を決めたのだ。藤川さまに逆恨みされてもいい。藤川さまにそう言え」

「あなたってひとは……」

花絵は声を震わせた。

「自分のことを棚に上げて俺を非難するのもいい。だが、みな自分に返ってくることを忘れるな」

花絵は恨みのこもった目を向けた。

「離縁するなら当然持参金は返していただきます」

「持参金だと？　その金はみな藤川さまのために使ったのではないのか」

「まあ、なんとひどいことを」

花絵は顔を紅潮させた。

「俺は知っているのだ」

又五郎は花絵から逃げるように立ち上がった。

「藤川さまには俺から話を通す。仲人《なこうど》だからな」

又五郎は吐き捨てるように言った。

部屋を出る前に振り返った。花絵が呆然《ぼうぜん》としている。ずっと裏切り続けられてきたが、いまは花絵と藤川右京之輔に感謝をしたいくらいだ。そのおかげで、おひさと巡り合うことが出来たのだから。

翌日から又五郎はいままでどおり当番所に並んでいる物書詰所に勤務をした。当番所は訴人の訴えを受け付けるところで、当番方の与力が勤めている。

五つ半（午前九時）に、当番所では訴訟の受付をはじめる。きょうも朝から訴人が詰めかけている。公事人控所はすでに大勢の町のひとたちが待っている。なにしろ、訴人は家主などの付添人といっしょなので人数も多くなる。

四つ（午前十時）前に、直訴の男がやって来た。杖をついた腰の曲がった年寄りだ。もちろん、付添人はいない。

ふつう揉《も》め事があれば家主が仲裁に入るが、埒《らち》が明かなければ町名主や町年寄が下調べをし、そこでも解決出来なければ、改めて訴状を認めて家主同道で月番の奉行所に訴えるのだ。だが、その下調べに不満がある場合には単独で訴え出ることが出来る。

直訴の年寄りは当番所の縁側の前で跪《ひざまず》き、

「私は芝《しば》から参りました六助《ろくすけ》と申します。長屋の住人とのいざこざで家主の仲裁もうまくいかず、町名主さまに裁いてもらいましたが、私の言うことを聞いてくれません。それで止むなく直訴に及びました」

当番与力は六助という男の話を聞いてから、

「そなたの訴えの趣《おもむき》は理解しがたい。そなたの言い分に理解を示すものがいるのかどうか、そのことも含め、もう一度家主と話合い、それでも納得せぬときに改めて参るように」

と、諭《さと》した。

「わかりました」

素直に従い、六助はすごすごと引き上げた。

又五郎はその年寄りを見て、何か違和感を覚えた。何がそう感じさせたのかはわからない。年寄りは門に向かって行く。

そろそろ四つになる。与力の出勤時間だ。ちょうど、小門をくぐって与力の藤川右京之輔が出仕してきた。

年寄りは右京之輔が玄関に向かうのを見送ってから門に向かった。右京之輔の姿を目にとめたとき、又五郎の脳裏に花絵の顔が掠《かす》めた。

又五郎はついに花絵に離別を言い渡した。いまごろ、花絵は実家に帰り、又五郎についてあることないことの讒言《ざんげん》をわめきたてていることだろう。そして、藤川右京之輔に話が伝わるのは今夜だ。

おそらく、右京之輔は自分に対して何らかの制裁を加えようとするだろう。

新たな訴人が当番所の前で跪いた。羽織姿の家主もいっしょだ。

又五郎は訴人から受け取った訴状を当番方与力に渡した。与力は訴状の中身を吟味し、している。与力は訴えを受理した。与力の下知により、又五郎は訴状の内容を帳簿に記入した。あとからあとから、訴人は続いた。

その夜、又五郎は奉行所を引き上げ、浜町堀にある商家の離れにまっすぐ向かった。

庭を抜けて離れに行く。

戸を開けて呼びかけると、おひさと又一郎が急いで出て来た。

「お帰りなさいませ」

「どうだ、不自由はないか」

又五郎はきいた。

「はい。こちらの内儀さんによくしていただいております」

「そうか、それはよかった」

おひさと話している間にも、又一郎が又五郎の膝《ひざ》の上に乗ろうとする。

「いけませんよ、又一郎」

「かまわん。それ」

又一郎を膝に乗せた。

「おう、だいぶ重くなったな」

又五郎は目を細めた。

「おひさ。例の件、向こうに話した。数日中には何か動きがあるだろう。奉行所をやめるようになるかもしれぬが……」

おひさは畳に手をついた。

「どうした?」

「夢みたい。うれしいのです」

「うむ。そなたにも苦労をかけた。いや、これからももっと苦労をかけるかもしれない」

奉行所をやめたあと、どんな暮らしが待っているか。そのことを考えると気が重い。そのうち、佐久間町にある道場に顔を出してみようと思った。

それより、こういう事態になったことを真っ先に報告しなければならないお方がいる。早い方がいい、明日にも話しに行こうと思った。

三

その日の夜、剣一郎の屋敷に来客があった。

多恵が伝えに来た。

「山部重吾さまと仰っておいでです」

「なに、山部どの？　客間にお通しして」

多恵に言い、いままで話していた剣之助に、

「殺された金井忠之助の友人だ」

と、説明した。

「行って来る」

剣一郎は立ち上がった。

客間に行くと、山部重吾が待っていた。

「夜分、失礼いたします」

重吾が低頭した。

「いや。何かござったのですか」

「はい。金井忠之助のことを伝えに来た男を見つけました」

「見つけた？　どこで？」

その男は遊佐吉に違いない。遊佐吉は金井忠之助の屋敷に忠之助の亡骸を運んだあと、山部重吾にも知らせに行ったのだ。

「その男は札差の『十徳屋』に入って行きました」

「なに、『十徳屋』？」

「ええ。出て来るのを待って、再びあとをつけました。その男は本郷《ほんごう》の細井喜平太《ほそいきへいた》の屋敷に入りました」

「細井喜平太？」

「勘定奉行所の勝手方掛かりです。そういえば、忠之助から細井喜平太の話を聞いたことがあります。若いころは道場でいっしょの仲だったということでした」

「よく知らせてくれました。それにしても、よく見つけ出したものです」

剣一郎は感嘆した。

「忠之助の仇をとってやりたい一心で、あれからずっと蔵前界隈を歩き回っていたんです。忠之助のところの下男の久蔵もいっしょになって探してくれました」

「そうですか、あの男も……」

「ええ、珍しく律儀な奉公人です。では、私はこれで」

重吾は腰を浮かせた。

「おかげで真相に近づけそうです」

「ぜひ、忠之助の墓前にいい報告が出来るよう、よろしくお願いいたす」

そう言い、重吾は引き上げた。

部屋に戻り、剣一郎は改めて考えた。

『十徳屋』と勘定奉行所勝手方掛かりの細井喜平太がつながっているとはどういうことか。勘定奉行所勝手方掛かりが札差と関係があるのは……。

あっと、剣一郎は覚えず叫んだ。

ことは重大だった。明日まで待てない。

剣一郎は立ち上がった。

「宇野さまのところに行って来る」

多恵に言い残し、相手の都合を確かめることなく、剣一郎は清左衛門の屋敷に急いだ。

門は閉まっていたが、戸を叩き、下男に戸を開けてもらった。

玄関で訪問を告げた。清左衛門の妻女が出て来た。

「青柳どのではございませぬか」

「夜分、申し訳ございません。至急、宇野さまにお会いしなければなりませぬ。どうぞ、お取り次ぎを願えますでしょうか」

「わかりました。さあ、どうぞ、お上がりを」

妻女は剣一郎を客間に通した。

清左衛門は客間に飛んで来た。

「青柳どの。何かあったのか」

剣一郎の突然の訪問に何かを察したように、清左衛門は顔色を変えている。

「夜分、申し訳ございません。奉行所ではお話ししにくいことでして」

剣一郎は心を落ち着かせるように深呼吸をしてから口を開いた。

「お恥ずかしい話ですが、これまでの探索は的外れだったようです」

「的外れ？　どういうことだ？」

「今日まで咲右衛門と金井忠之助殺しについて何ら解決の手掛かりさえつかめません。これは探索が誤った方向に行っていたに違いありません」

「しかし、疑わしいことをひとつずつ潰していくのは常道ではないのか。そういう意味でいえば、決して無駄ということはあり得まい」

「はい。ですが、今回ばかりは、その遠回りの間に、敵にいろいろな準備をさせる余裕を与えてしまったようです」

俺は方向を誤っていた。いや、間違ったほうに誘導されていたのだと、剣一郎は忸《じく》怩《じ》たる思いにかられた。

「どういうことだ？」

清左衛門は怪訝な顔をした。

「私は事件の本質を見誤っていたようです。なぜ、本質を見誤ったのか。我々は敵の目晦《くら》ましにあっていたからではないか。まず、最初は玄武の常と白虎の十蔵の身内と名乗り、私への復讐を告げた遊佐吉の出現です。事情に詳しいことから、私はほんとうの身内だと思った。しかし、先日の平四郎の報告にもあったように、そのような男は存在しない可能性が強いのです。この目晦ましに、我々はまず探索の方向を誤ったのです」

清左衛門は口をはさもうとせず真剣な眼差しで聞いている。

「特に私への復讐ということで、奉行所挙げて私を守る態勢になった。そのことも、探索を鈍らせた原因かもしれません」

「いや、しかし、それは当然のことだ」

清左衛門が反論した。

「いえ、私が言いたかったのは、敵はこのことを計算していたのではないかということです」

「計算？」

「はい。敵は我らのことに詳しいような気がします」

「詳しい？」

「まず、なぜ、敵は私を狙ったのでしょうか」

「それは、青柳どのが探索をすれば、いずれ真相に辿り着く。そう恐れたからだ」

「誰がそう思うのでしょうか」

「だから、遊佐吉、そしてその背後にいる人物だ」

「その者はどうして私が探索をすると事件の真相に辿り着くと思ったのでしょうか。どうして、そんなことを知っているのでしょうか」

「うむ？」

「私ひとりを抹殺したところで探索は続けられるのです。私ひとりを手にかけたところで事件を闇に葬《ほうむ》ることは出来ません」

「青柳どのはこれまでにも数々の難事件を解決に導いて来たのだ。もし、青柳どのがいなければ事件の真相の解明が出来なかったものも多々あった」

「そんなことはありませんが、仮にそうだったとしても、そのことをどうして部外者が知っているのでしょうか」

「うむ？」

清左衛門がはたと膝を叩いた。

「そうか。青柳どのが咲右衛門殺しと金井忠之助殺しの探索をはじめたことで、どうして真相に辿り着くと思ったのか。それは、青柳どのがこれまでにも数々の難事件を解決に導いて来たことを知っていたからだ。それを知っているのはいっしょに仕事をした我々だからか。そうか、世間の者はそれを知りえない」

「はい。世間のひとは私を含めた奉行所の人間が解決したものと見ているはずです。そういう人間からすれば、私ひとりを倒したところで事件の解決を阻止出来るとは思わないのではないでしょうか」

「確かに、そのとおりだ。では、青柳どのを狙ったのは事件解決の阻止を狙ったものではないということか」

「いえ、事件解決の阻止を狙ったものに間違いございません」

「なに、するとどういうことだ？」

清左衛門は目を剝いた。

「まさか、敵の中に、青柳どのが探索を続ければいつか真相が明らかになってしまう。そういう危惧を抱いた人間がいたということか」

清左衛門が驚きの声を上げた。

「まさか、奉行所の人間が……」

「遊佐吉なる男。どうして、玄武の常と白虎の十蔵に関することを知っていたのか。そのことがあったから、当初、私は遊佐吉の話を信用したのです。しかしながら、奉行所の人間ならば、そのことを知ることが出来ます。さらに」

剣一郎は続けた。

「一昨夜、敵が襲撃を諦めたのは、又五郎が裏切ったことがわかったからです。どうして、裏切ったことがわかったのか。ふつうなら知り得なかったはずです。ゆうべ宇野さまのお屋敷で待機している京之進たちに、新兵衛は又五郎の妾と子どもを救出したことを話しました」

清左衛門が言葉を失っている。

「宇野さまのお屋敷には確かに余所者《よそもの》はいなかったでしょうが、どなたか奉行所の人間がいたのではありませんか」

清左衛門は苦しそうに呻いた。

「どなたでしょうか」

「藤川どのだ。藤川右京之輔が心配になって様子を見に来ていた。待て」

清左衛門が恐ろしい形相《ぎょうそう》になった。

「まさか、藤川どのを疑っているのではあるまいな」

剣一郎はそのことに答えず、

「私が引っかかっていたのは、小平又五郎の件です。いったい、敵はどうして又五郎に妾がいて子どもまでいることを知っていたのか。冬木町の妾の家に訪れる侍を近所のひとは誰も奉行所の人間だとは知らなかったはずです」

「……………」

「又五郎は妻女との仲が冷えきっておりました。だから、外に女をこしらえたのです。たとえ妻女とうまくいってなかろうが外に女をこしらえたのは又五郎に非があります。それはともかく、妻女は又五郎の女の存在を知っていたようです」

「青柳どの。言わずともよい。又五郎と花絵どのの仲人は藤川どの」

「そうです。藤川どのは花絵どのから又五郎の女のことを聞いていた可能性があります」

「なんということだ」

清左衛門は膝に置いた拳を握りしめた。

「しかし、藤川どのは蔵前で何をしたというのだ？」

「おそらく猿屋町会所での不正貸付ではありますまいか」

「猿屋町会所？」

猿屋町会所は旗本・御家人の救済と同時に札差の救済をも目的とした。資金に乏しい札差は会所に申し出て金を借り、安い利息で旗本・御家人に融資する。こうして、両者を援助しようとする。

「会所にある数万両の資金を不正に引き出している連中がいるのではありますまいか。それを取り調べるべき奉行所の人間までその不正に呑み込まれている……」

剣一郎はやりきれないように言った。

「なんということだ」

清左衛門は吐き捨てた。

「ただ、確たる証拠があるわけではありません。このことに気づかれぬよう、密かに猿屋町会所を調べるべきかと」

「わかった」

ことは極秘に運ばねばならなかった。

翌朝、朝餉をとり終えたとき、多恵が剣一郎に言った。

「小平さまがお待ちです」

「なに、又五郎が？」

「はい。客間におります」

「よし」

剣一郎は客間に行った。

「朝のお忙しい時間にお邪魔をして申し訳ございません。役所ではお話しできませんので、ご迷惑を承知で押しかけてしまいました」

「いや、気にするな。おひさどのとお子に大事はないか」

「はい。ありがとうございます。おかげさまにて、元気でおります」

「そうか。それはよかった」

「青柳さま。このたび、私は妻花絵と離縁いたそうと思います」

「そうか、離縁か……」

剣一郎は複雑な思いだった。

「花絵どのは承知しているのか」

「いえ」

「別れたくないと言っているのだな」

「はい。ですが、私への愛情からではありません」

「うむ？　どういうことだ？」

「私と花絵の間には最初から愛情などありませんでした」

「なれど、夫婦となってお互いに育んでいくものではないのか」

「はい」

又五郎はうなだれた。

「又五郎」

剣一郎は呼びかけた。

「なぜ、外に女子を作った？　おひさどのを妾で一生終わらせるつもりだったのか」

「面目次第もありませぬ」

「いや。そなたが決めたことだ。ただ、花絵どのも傷つかれたろう。そのことを十分に考えてやるように」

「はい」

「仲人は藤川さまだったな」

「はい。今夜、お話しいたそうと思っています」

「又五郎。少し確かめたいことがある」

「はい」

「花絵どのはそなたに外に女子がいることを知っていたのか」

「知っておりました。勘の鋭い女でしたから」

「花絵どのはときには仲人の藤川どのの屋敷を訪れたりしていたのか」

又五郎の女のことを、藤川は花絵から聞いていたはずなのだ。そのことを確かめようとしたのだ。

「いえ、藤川さまのお屋敷には行っていません」

「なに、行かない？　では、花絵どのは藤川どのと会ってはいないのか」

そうなると、右京之輔が又五郎の女のことをどうして知ることが出来たのか。

「いえ、会っております」

「会っている？」

「はい」

又五郎は苦しげな表情になった。

「又五郎。そなた、何やら隠しているな」

「いえ」

「なんでも言うのだ。藤川どのと花絵どののことか」

剣一郎は察して口にした。

迷っていたようだが、ふいに又五郎は顔を上げた。

「花絵は私と所帯を持つ前から藤川さまの女でした」

「なに？」

「それは結婚してからも、いまも続いております。花絵は私を隠れ蓑《みの》にして藤川さまとおつきあいをしていたのです。私がそれを知ったのは五年前でした。打ちのめされた毎日を送っていたときに出会ったのがおひさでございます」

「そうか。そういうことだったのか」

剣一郎は不快になった。

「いずれにしろ、私は藤川さまに疎《うと》まれましょう。きっと、何らかの仕打ちをされるでしょう。花絵がきっと藤川さまに頼むはずですから、奉行所から追い出せと」

又五郎は悔しそうに言い、

「もはや、奉行所で働いて行くことは出来ないと覚悟を固めております」

と、沈んだ声で続けた。

「又五郎。奉行所をやめる必要はない。また誰もやめさせないはずだ。私に任せておけ」

「えっ？」

「そなたのような有能な男を失うのは奉行所にとっては大きな損失だ。そんなことは絶対にさせない」

「青柳さま」

又五郎は畳に額をつけて肩を震わせていた。

「さあ、もう出仕しなければならぬ時間ぞ」

剣一郎は立ち上がって言った。


出仕した剣一郎は年寄同心詰所に新兵衛、京之進、平四郎の三人を呼び寄せた。

「ゆうべ、亡くなった金井忠之助の友人である山部重吾どのが我が家にやって来た。山部どのは友の仇を討とうと、忠之助の死を屋敷に知らせに来た男を毎日歩いて探していたそうだ。そして、ついに見つけた」

聞いている三人の顔色が変わった。

「その男こそ遊佐吉だ。遊佐吉は札差の『十徳屋』に入り、その後、勘定奉行所勝手方掛かりの細井喜平太の屋敷に入って行ったという」

その経緯を語ったあとで、剣一郎は昨夜、清左衛門に語ったことを話した。

聞き終えたあと、茫然自失といった様子で三人からしばらく声が出なかった。

「信じられません」

やっと新兵衛が口を開いた。

「無理もない。だが、残念ながら、状況は藤川さまに不利だ」

剣一郎は無念そうに言う。

「なぜ、藤川さまは……」

京之進がやりきれないように言う。

「猿屋町会所の貸金から多額の金子《きんす》が札差への不正融資という形で引き出されているはずだ」

「ということは勘定奉行所勝手方掛かりと藤川さま、そしてその下の同心もすべて共謀しているということですか」

平四郎が愕然《がくぜん》としたようにきく。

「全員ではないだろうが、共謀しなければ、不正貸し出しは出来まい」

「生駒屋咲右衛門はその不正に気づいたために?」

「おそらく、御家人に貸し出すためという名目で、『生駒屋』は会所に貸し出しを申し入れした。それが例の百両だ。咲右衛門が貸した百両はすぐに会所から返って来た。そして、百両受け取った金井忠之助はある人物に八十両を渡し、自分は二十両を受け取った。こういう操作を何人もの御家人に行ない、そうやって会所から金を引き出していたのではないか」

「『生駒屋』はどういう役割だったのでしょうか。咲右衛門には利益がありませんが？」

「咲右衛門はその依頼を断りきれずに引き受けた。おそらく、依頼をしたのは『十徳屋』の長十郎だ。咲右衛門は良心から金を受け取ろうとしなかったのかもしれない」

剣一郎はふと妻女のおとよの顔を思い浮かべながら、

「咲右衛門は良心が咎《とが》め、十徳屋長十郎にやめるように訴えたのかもしれない。長十郎たちは、咲右衛門が危険だと思い、自害に見せ掛けて殺した」

「では、あの夜、咲右衛門が出かけた先は『十徳屋』？」

「おそらく、そうであろう。また、金井忠之助も良心の呵責《かしやく》に苦しんだ。これも同じ理由で、神田川のそばに誘き出し、柳生新陰流の達人、座光寺庫之助が殺した」

剣一郎は大きく息継ぎをして続けた。

「わしが探索をはじめると、危機感を持った藤川どのはわしを亡き者にしようとした。それで、遊佐吉を玄武の常と白虎の十蔵と関わりある者に仕立ててわしを襲わせたのだ。事情に通じていたからわしは信用してしまったが、藤川どのからすべて教えられていたのだ。わしを信用させるために話したのだが、いまから考えればべらべら喋りすぎていることに疑問を持つべきだった」

「青柳さま。今後、どうしたらよろしいのでしょうか」

新兵衛がきいた。

「まず、新兵衛は勘定奉行所勝手方掛かりの細井喜平太を調べてくれ。ただ、遊佐吉がいてもまだ捕まえぬほうがいい。捕まえると、喜平太らが証拠隠滅を図るかもしれぬ」

「はっ」

「平四郎は密かに猿屋町会所を調べるのだ。京之進は主だった札差から、会所にまつわる話を聞き出してもらいたい。わしは『十徳屋』を少しつっついてみる」

「畏まりました」

京之進と平四郎はほぼ同時に答えた。

四

その日の午後、剣一郎は『十徳屋』の客間にいた。

しばらく待たされてから、恰幅《かっぷく》のよい長十郎がやって来た。

「お待たせして申しわけございません」

向かいに腰を下ろし、落ち着いた口調で言った。

「いや、忙しいところを押しかけてすまないと思っている。どうしても、確かめたいことがあってな」

「確かめたいことですか。なんでしょうか」

「うむ。去年の十一月四日の夜のことだ。そう、咲右衛門が死んだ日のことだ」

「だいぶ前のことでございますね」

「じつは、その夜、咲右衛門がこの屋敷に入って行くのを見たという者が見つかったのだ。別の日と勘違いしているのではないかと確かめたが、亡くなった日だから間違いないと言っている」

「それは何かの間違いだと思います。咲右衛門さんはいらっしゃっていません」

「そうか。すると、ひと違いか」

「ええ、いらっしゃっていませんから」

「そうか。では、遊佐吉という男を知っているか」

「いえ、どのようなお方でしょうか」

「知らぬ？　妙だな。遊佐吉がここに入って行くのを見ていた者がいる。その者も見間違いだと言うのか」

「はい。そのようなひとは知りません」

「そうか。そうそう、勘定奉行所勝手方掛かりの細井喜平太どのを知っているか」

長十郎の目が鈍く光った。

「細井さまとは、猿屋町会所で何度かお会いしたことはございますが、細井さまが何か」

「いや。なんでもない。ただ、きいただけだ」

「さようでございますか。で、咲右衛門さんの件はどうなったのでしょうか」

「やはり、殺されたものとわかった。これから本格的に調べるようになるだろう。どうやら、咲右衛門は悪事に加担させられそうになったことで悩んでいたようだ。このことは、御徒衆の金井忠之助どのも同じだ。だんだん、からくりが見えて来た。いずれ、すべてが明らかになろう」

「そうでございますか」

「最後にもうひとつ訊ねるが、青不動と呼ばれる男を知っているか」

「青不動でございますか」

長十郎は小首を傾げた。

「いや、知らなければそれでよい」

「はあ、申し訳ありません」

「謝る必要はない。邪魔した」

剣一郎は立ち上がった。

「これから『生駒屋』に行くのだ。早く、咲右衛門の仇をとってやりたいものだ」

ひとりごとのように呟き、剣一郎は部屋を出た。

長十郎の顔が険しいことに気づいた。明らかな動揺が見て取れた。

剣一郎は『十徳屋』から『生駒屋』に向かった。

「これは青柳さま」

店先にいた番頭の吉蔵が近寄って来た。

「内儀はおるか」

「あいにく出ております。でも、そろそろ戻って来る頃ですが」

吉蔵は通りに目をやって、

「あっ、帰って来ました」

と、ほっとしたように言った。

女中といっしょだったおとよは小走りになった。

「お待たせいたしました」

「いや。ちょうどよかった」

「どうぞ」

おとよは家人用の戸口から剣一郎を客間に招じた。

客間で、おとよに吉蔵を呼んでもらった。

「咲右衛門は殺されたことが明らかになった。下手人も明らかになりつつある。もうしばらく待ってもらいたい」

剣一郎はふたりに告げた。

「なぜ殺されなければならなかったのでしょうか」

おとよはきいた。

「詳しくはまだ話せぬが、ある悪巧《だく》みに咲右衛門は利用されそうになったのだ。そのことで、悩んでいたのであろう。口封じのために咲右衛門は殺されたのだ」

「そうでございましたか」

おとよはしんみりとした口調で、

「悪事に加担せずによかったと思います」

「青柳さま」

吉蔵が身を乗り出した。

「ほんとうにありがとうございました。これで気持ちもすっきりいたしました」

「いや、最初から殺しと見抜いておれば、何ヶ月もそなたたちを苦しめずに済んだのだ」

「いえ、これで十分です」

おとよは涙ぐんで言った。

おとよと番頭に見送られて『生駒屋』をあとにし、剣一郎は御蔵前の通りに出て南に向かった。

森田町、御蔵前片町を過ぎ、鳥越橋《とりごえばし》を渡ると天王町《てんのうちょう》で、その角を曲がり、しばらく行くと猿屋町だ。そこに、猿屋町会所がある。

剣一郎は深編笠をかぶって、会所の前を通った。

間口二十間（約三十六・四メートル）、奥行き二十五間（約四十五・五メートル）の建物である。正しくは、『札差御改正会所』という。

途中で引き返し、再び会所の前を通る。ここに勘定奉行所の勝手方掛かり七名が出張している。また、奉行所からはふたりの同心が交代で詰めているのだ。

剣一郎は再び御蔵前の通りに出た。

会所の探索は平四郎に任せてある。おそらく、平四郎は会所に詰めている同心に接触しているに違いない。


その夜、剣一郎の屋敷に新兵衛がやって来た。

新兵衛は庭先に立った。商人体のなりをしている。

「ごくろう」

「遊佐吉は細井喜平太の屋敷におりました。しかし、用心をしているのか、屋敷から出ようとしません。いま、小者に見張らせています」

「出て来るのを待つしかないな」

「青柳さま」

新兵衛が深刻そうな顔をした。

「じつは、青不動のことが気になり、目青不動の正善寺《しょうぜんじ》に行ってきました」

江戸の五色不動尊のうちの目青不動は麻布谷町《あざぶたにまち》の正善寺に祀《まつ》られている。

「あの近辺に御先手組の組屋敷があります。たまたま、そこに御先手組の同心がお参りに来ておりました。顔なじみだったので、念のために、青不動の名を出してみました。すると、その同心があることを思い出してくれました」

新兵衛は息継ぎをして、

「三年前、御先手組の与力が霊南坂《れいなんざか》で何者かに斬られたそうです。刀を抜くことなく一刀のもとに袈裟掛けで」

「なに、刀を抜くことなく、袈裟掛けだと？」

「はい。そのとき、殺された与力の懐《ふところ》に不動明王の御札が残っていたそうです」

「不動明王の御札？」

「それは正善寺で売られているものでした。しかし、その与力は正善寺にも行ったことはなく、特に不動明王に帰依していることもないという話でした」

「不動明王の御札は下手人が懐に差し込んだということか」

「はい。御先手組では斬った相手を探したそうです。殺された与力はその半年前に町人を無礼討ちにしていました。その町人の身内が殺し屋を雇ったのではないかと疑ったそうですが、とうとうわからなかったそうです」

「で、その身内というのは？」

「その後、姿を晦ましたようです。残念です。その殺し屋のことをきけたのですが」

「いや。会ったとしても殺し屋のことは言うまい」

「はい。それより、その与力が刀を抜くことなく一刀のもとに袈裟掛けで斬られたことが気になりました」

「うむ。金井忠之助の場合と同じだな」

「はい。それで、金井どののお屋敷に行き、妻女どのに会って来ました」

新兵衛は息を呑み、

「金井忠之助どのの懐に不動明王の御札がはさんであったそうです」

「そうか」

剣一郎は覚えず拳《こぶし》を握りしめた。

「青不動とは殺し屋か」

「そうだと思います」

刀を抜く間もなく斬られていることから、てっきり腕の立つ座光寺庫之助の仕業だと思ったが、金井忠之助を斬ったのは青不動という殺し屋だったのだ。

「青柳さま。他にも犠牲者がいるかもしれませぬが、武士がふたりとも刀を抜く間もなく斬られているのは相当な腕の持ち主か、もしくは……」

「そうだ。油断をさせておいて斬りつけているのだ。おそらく、無防備な状態で襲われたのに違いない」

「青不動は青柳さまを狙っております」

新兵衛は強張った声で言う。

座光寺庫之助は、青不動のことを教えてくれようとしたのだ。

「青不動を雇ったのは藤川さまではありますまいか」

「うむ。なれど、証拠はない」

「遊佐吉を捕まえ、口を割らせましょう」

「いや。あっさり白状するとは思えぬ。京之進と平四郎の調べを待とう」

「はっ」

「新兵衛。ごくろうだった」

「どうか、ご用心を」

新兵衛が去ったあと、剣一郎は深くため息をついた。いや、もはや藤川右京之輔に間違いないが、何重にも剣一郎の暗殺を用意していたその執拗さに、慄然とする思いだった。

しかし、右京之輔は長い間、奉行所に貢献してきた人間だ。ゆくゆくは年番方になるだろうと目されていた。

そんな男がどこで道を誤ったのか。それより、信じられないのが長年、又五郎の妻女花絵と情を通じて来たという事実だ。

又五郎の言だけだが、おそらく事実であろう。

会所でも不正貸付の証拠はまだ見出せていない。しかし、剣一郎を亡き者にしようと画策してきたことは間違いない。

そのことをもってしても右京之輔を追及出来る。不正貸付の証拠がないいまの段階で、右京之輔に自首を迫るべきではないか。

追い詰められる前に、自ら罪を明らかにする。それが、右京之輔に残された武士としての、奉行所与力としての矜持《きょうじ》を保つ最後の方法ではないか。そして、そうさせてやるのが自分の役目かもしれない。

右京之輔と対決すべきだ。剣一郎はそう決意した。

翌朝、きょうはいつものように継裃で、供の槍持ち、草履取り、挟箱《はさみ》持ちなどを従え、剣一郎は屋敷を出た。

朝方は雲が広がっていたが、雲間から陽光が射してきた。右京之輔と対決する。そのことを考えると、知らず知らずのうちに身が引き締まってくるのを感じていた。

五

その頃、又五郎は当番所隣の物書詰所に詰めていた。きょうも訴人や差紙を受けて出頭してきた者たちが続々と門を入って来て、控え所である公事人溜《だまり》に入って行く。そのひとの流れを見ていて、又五郎はふと目の端に何かを見た。その正体を摑もうとして、ひと陰に隠れた男を見た。

やはり、そうだった。一昨日、自訴でやって来た杖をついた年寄りだ。その年寄りを見て、何か違和感を覚えた記憶がある。

それが何かはっきりしないが、又五郎は気になっていた。見かけは五十近い年寄りのようだ。杖なしでは、よろけてしまいそうだ。

そんな年寄りの何が気になったのか。またも、そのことを考えた。

五つ半（午前九時）になって、呼び出しがはじまった。先頭の者から当番所の前にやってきた。

訴人の訴状を受け取り、帳簿につける作業をしながらも、又五郎はなおも考えた。新たな訴人が訴状を差し出す。女だった。

それを受け取り、与力にまわす。そのとき、女の訴人の顔を見た。若作りだが、思ったより大年増だ。

そのとき、又五郎はあっと叫びそうになった。

「どうした？」

もうひとりの物書同心が声をかけた。

「すまない。腹痛だ。ちょっと、あとを頼む」

そう言い、又五郎は席を立った。

そして、草履を履いて庭に出て、公事人溜のほうに向かった。

公事人溜には麻裃姿の町年寄や羽織袴《はかま》の家主、そして訴訟する本人も羽織姿で、呼び出しを待っている。

その中に、例の年寄りがいた。又五郎は壁に身を隠してそっと覗いた。

その違和感だった。

違和感の正体はわかった。白髪が目立つ皺の多い顔。だが、顔の肌艶《つや》が若々しい。

年寄りに変装しているのではないか。そんな疑いを持った。あの杖だって偽装だ。

しかし、何のために年寄りに化けているのか。

いつまでもその場に立っていると、男に気づかれそうだ。又五郎は引き上げた。しかし、また途中で立ち止まった。

年寄りに変装しているとしたらよろける足取りも嘘かもしれない。杖を持たずとも歩けるのではないか。

その頃から、与力が出仕してきた。与力の出仕時間は朝四つ（午前十時）である。

続いて門を入って来たのは青痣与力だった。年寄りが出てきた。杖をつきながら、当番所に向かう。だが、足取りが軽いようだ。杖を持ち替えた。

いきなり、年寄りが抜き身を持って剣一郎に向かって突進した。仕込み杖だった。

「青柳さま」

又五郎は怒鳴った。

剣一郎は身を翻《ひるがえ》し、襲いかかった刀を避けた。小刀の柄《つか》に手をかけて、又五郎は走った。年寄りはさらに剣一郎に襲いかかろうとした。もはや、年寄りではない。敏《びん》捷《しょう》な男だった。

「待て」

又五郎が突進した。

気がついた男は振り返り、又五郎に向かってきた。

又五郎と男はすれ違った。左腕に激痛が走った。又五郎の二の腕から血が滴った。

辺りは騒然とした。

男は門のほうに向かいかけた。だが、すぐに足が止まった。やがて、刀を落とした。よろけながら、男は門の傍に立っている男に近付いて、ばったり倒れた。

そこに出仕してきたばかりの藤川右京之輔が立っていた。

「又五郎」

膝を突いた又五郎に、剣一郎が駆け寄った。

「青柳さま。ご無事で」

「そのほうのおかげで助かった」

「いえ」

「医者はまだか」

剣一郎は大声を張り上げた。

剣一郎を襲った男は腹部を斬られていたが、すぐに医師の手当てを受けられたので命に別状はなかった。

男の懐から不動明王の御札が出てきた。この男が青不動と呼ばれた殺し屋であることは間違いなかった。だが、しばらくは喋ることは出来ず、尋問は無理だった。

又五郎は浅手だった。

剣一郎は宇野清左衛門と内与力の長谷川四郎兵衛《はせがわしろべえ》と用部屋の隣の部屋で顔を突き合わせた。

「いったい、何が起きたというのだ?」

今の騒ぎについて、四郎兵衛が憤然ときいた。

「あの男は青不動と呼ばれている殺し屋です。私を襲うために、年寄りに化けて直訴を装い、奉行所にもぐり込んでいたのです」

剣一郎は経緯を話した。

「青柳どのを狙わせた者の正体はわかっているのか」

「はい。なれど、証拠はありません」

「誰だ?」

「いま、しばしお待ちを」

「なぜだ?」

「その者の武士としての最後の矜持に賭《か》けてみたいのです」

「最後の矜持だと？　そんなものが期待出来るのか」

「はい。期待したいと思います。そうでないと、奉行所にも……」

剣一郎は言い差した。

「なんだ、奉行所にもとは？」

奉行所に御徒目付が取調べのために乗り込んで来る。それをさせないためにも、藤川右京之輔には自ら進んで自白をしてもらわねばならぬのだ。

四郎兵衛の問いかけには答えず、

「どうか、きょう一日のご猶予《ゆうよ》を」

と、剣一郎は頼んだ。

「私からもお願いいたす」

清左衛門が口添えをした。

「宇野どのがそう言うなら」

四郎兵衛は渋々承諾した。

しかし、真相がわかったときの四郎兵衛の驚愕を思うと胸が痛んだ。南町奉行所はじまって以来の不名誉だ。

先に四郎兵衛が引き上げた。

ふたりきりになって、清左衛門が言った。

「わしも同席しなくてよいか」

「いえ、私と藤川さまだけのほうがよろしいかと。もしものとき、ご出馬を願います」

「わかった」

清左衛門は深く吐息をもらした。

「いったい、何が藤川どのを……」

「藤川さまの心の闇がなんだったのか、探り出せるかどうかわかりませんが、藤川さまと対決してみます」

「うむ」

清左衛門は憂鬱《ゆううつ》そうな顔で頷いた。

その日の午後、剣一郎は与力部屋にいる右京之輔に、年番部屋隣の小部屋に来るように言った。

すでに剣一郎の動きを悟っていたかのように、右京之輔は素直に頷いた。

さきに小部屋で待っていると、右京之輔がやって来た。

おもむろに向かいに端然と座り、はったと剣一郎を睨み据えた。

「お呼び立てして申し訳ございません」

剣一郎は年長の者を呼び出した非礼を詫びた。

「わしに何の話があるのか」

右京之輔は不機嫌そうに言う。

「まず、午前中の騒ぎについてご説明いたします」

「なに？」

「あの者はまだ口がきけないために確かめることは出来ませんが、青不動と呼ばれる殺し屋に間違いないと思います」

「殺し屋だと？」

「はい。青不動の特徴はいろいろな人間に化け、相手の油断をついて斬りつける。今回、杖をついた年寄りに化けて奉行所に入り込んでいました。杖は仕込みです。おそらく、座頭に化けたり、大道芸人に化けたりして相手に近付いて殺しを続けて来たのではないでしょうか」

「なぜ、そのような話をする？」

「藤川さまは青不動をご存じではございませんか」

「知らぬ」

「まことに？」

「くどい。それに、さっきの男が青不動なる殺し屋だと、どうしてわかるのだ。口がきけないのだ。名乗ることは出来まい」

「青不動は殺した相手の懐に不動明王の御札を残しておくようです。さっきの男は財布の中に不動明王の御札を何枚も持っていました」

「あの男が青不動だとして、なんなのだ？」

「青不動は殺し屋です。つまり、誰かから殺しを依頼されて実行したのです。狙いは私でした。つまり、私を殺そうとする者がいたということです」

「玄武の常と白虎の十蔵の身内が青柳どのに復讐をしているのではなかったか。青不動を雇ったのもその連中であろう」

「いえ。玄武の常と白虎の十蔵の身内と名乗って襲って来たのは遊佐吉という男です。が、この男、玄武の常と白虎の十蔵とはまったく関係がありません」

「関係ない？」

「はい。内輪の者しか知り得ない事情を知っていたので、私は信じてしまいましたが、誰かから聞かされたことを口にしていたに過ぎなかったのです」

「ほう。復讐ではないとしたら、どういうことだ？」

右京之輔は口元を歪めてきく。

「復讐に見せ掛けて、私を亡き者にしようとしたのです」

「なんのために？」

「札差の生駒屋咲右衛門殺しの探索を阻止し、事件にならないようにするためだと思います」

「なぜ、青柳どのを殺すことで、事件にしないように出来るのだ？　他にもひとがいるはずだ」

「あの時点では、咲右衛門の自害に疑いを持っていたのが私だけだったからです」

「青痣与力らしくもない。読みが甘いな」

右京之輔は嘲笑を浮かべたが、

「もっと他にも殺さねばならぬ理由があったとは思わぬのか」

と、憎々しげに顔をしかめた。

まさか、と剣一郎はあることを考えた。

座光寺庫之助の出現、真っ昼間の人込みでの遊佐吉の襲撃、又五郎を操っての奇策、そして青不動と、これでもかという襲撃は剣一郎憎しに凝り固まっている。異常としかいいようがない。そこまで異常になれるのは……。

そうか、そうだったのかと、剣一郎は愕然とする思いだった。

「青痣、ようやく気づいたようだな」

右京之輔は片頬を引きつらせた。

「あなたは、それほど私が憎かったのですか」

深呼吸をし、心を静めてから、剣一郎は言った。

「そなたにはわしの苦しみなどわかるまい。わかろうとしなかったはずだ」

右京之輔の形相が醜《みにく》く変わった。

「青痣与力としてちやほやされているうちはまだよかった。難事件を解決に導いて行く手腕にはわしも素直に称賛した。青痣与力として讃《たた》えられることももっともだと思った。だが」

右京之輔の目が鈍く光った。

「いつしか、そなたは宇野さまの後継者となった」

「それは……」

「黙れ。そなたの気持ちは関係ない。宇野さまはそなたを次の年番方に推挙した。そなたは宇野さまの心を虜《とりこ》にした。その時点で、わしの出番はなくなったのだ」

「藤川さま。次に誰が年番方になるか、まだ決まっていません。先日も申し上げたとおり、私は年番方になるつもりはありません」

「言ったはずだ。そなたの気持ちは関係ないのだ。宇野さまがそう思っているということは奉行所全体の空気がその方向で進んでいるということだ」

右京之輔は興奮してきた。

「俺はずっと年番方を目指してきた。そして、周囲の人間も、誰もが次は俺だと見ていた。だが、そなたの台頭によって俺の影はみるみる薄くなっていった。そなたがいる限り、俺に年番方の地位はまわって来ない」

右京之輔がいきなり剣一郎に指を差した。

「きさまのために、俺の夢は破れたのだ」

右京之輔の声が震えを帯びていた。

「だから、自暴自棄になって、猿屋町会所の不正貸付に手を染めたのですか」

「そうだ。わしが長い間築き上げた与力としての矜持をそなたがぶち壊しにした。夢の破れたわしにはそうするしか、やり場のない気持ちを抑えられなかった」

「それで、あなたは満足したのですか」

「するわけはない。そなたのせいでわしの人生は……」

右京之輔はあとの言葉が喉に突っかかった。

剣一郎は痛ましげに右京之輔を見つめた。

「藤川さま。お言葉をお返しするようですが、あなたはなぜ私と競おうとしなかったのですか」

剣一郎は強い口調に出た。

「なに？」

「それほど年番方与力になりたいのなら、なぜもっとがむしゃらにならなかったのか。そのことが合点いきません」

「ばかな。宇野さまはそなたを……」

「いえ、宇野さまは依怙贔屓《えこひいき》をするお方ではありません。確かに私は青痣与力と言われ、ちやほやされていたかもしれません。しかし、それはあくまでも難事件を解決してきたからのことであり、それと年番方与力の資質とは別です。奉行所内を束ね、差配していく能力は私より藤川さまのほうがはるかに優れていたはず。なのに、どうしてそのようなつまらないことを気に病んだのですか」

「………」

「あなたは自ら年番方与力への道を捨てたのではないのですか」

「何を言うか」

「藤川さま。あなたは私に恨みを向けていますが、ご自分をだめにしたのは自分自身であることに気づいておられるのではありませんか」

「ばかな」

右京之輔は狼狽《ろうばい》した。

「あなたは、小平又五郎の妻女花絵どのと格別な関係があったそうですね」

「うっ」

右京之輔は言葉に詰まった。

「あなたは年番方与力への道を突き進むなら、花絵どのときっぱり別れるべきだったのです。下役の同心に自分の女を嫁がせたうえ、人妻になった花絵どのと関係を続けた。あなたは、そういう人間が与力の最高峰の年番方になることにためらいを持っていたのではないですか。そのことで、常に負い目があった」

「…………」

右京之輔はがくんと肩を落とした。

「あなたは私に負けたのではありません。ご自分の中にある良心に負けたのです。だが、それを認めたくなく、恨みを私にぶつけた。そうではありませんか。もし、あなたが清廉潔白《せいれんけっぱく》な身であったら、私と年番方の座を争ったのではありませんか」

しばらく俯いたままだったが、右京之輔が顔を上げた。

「何度も花絵と別れようとした。だが、その都度、泣きついてきた。不憫《ふびん》になって、別れることが出来なかった。そのまま、ずるずると……」

剣一郎は黙って右京之輔の話を聞いた。

「常にこのままではいけないと思っていた。小平又五郎の顔を見るたびに胸が痛んだ。だが、花絵と別れることが出来なかった。そんなわしを置き去りにして、そなたはどんどん頭角を現して来た。そのうち、年番方与力にという噂が聞こえて来た。わしは焦った。もう、年番方への昇進は無理だと思った。そんなとき、札差と勘定奉行の勝手方掛かりの同心がつるんで不正を働いていることを知った。取調べなければならなかったが、わしは年番方への夢を断たれた奉行所に復讐しようと思った。だから、『十徳屋』の長十郎の誘いに乗ったのだ」

「十徳屋長十郎とはどんな男なのですか」

「惣頭格である十徳屋長十郎は札差仲間ではかなりの力を有しており、誰も逆らうことは出来なかった。深川の米問屋『佐原屋』が札差業に参入するのを反対したのは咲右衛門ではなく、ほんとうは長十郎だったのだ。札差株を手に入れるには厳重な審査があるというが、ほとんど長十郎の意見が通った。何年か前に芝で商売をしていた米問屋の主人が札差株を手に入れた。長十郎にかなりの付け届けをしていたからだ。『佐原屋』は付け届けをしなかったから参入出来なかったのだろう。それから、取引をしていた御家人に金を貸して欲しければ妻女を一晩貸せと迫ったという、咲右衛門の葬式で流れた噂話は、長十郎のことだ。そういう男だ」

「『生駒屋』の咲右衛門を殺したのは誰ですか」

「長十郎だ。実際に手を下したのは遊佐吉だ。吉原や深川で遊んでいる長十郎はその傲慢なやり方でほうぼうから恨みを買っている。その後始末をさせるための手下が遊佐吉だ。目端がきく男だ。又五郎にそなたを殺させようと考えたのも、青不動という殺し屋を探して来たのも遊佐吉だ。座光寺庫之助もそうだ。案外、遊佐吉が長十郎を操っていたように思える。一番の悪は遊佐吉かもしれぬ」

「いま、遊佐吉は細井喜平太の屋敷にいるそうですね」

「不正貸付を思いついたのは勝手方掛かりの細井喜平太と十徳屋長十郎のふたりだ。そこに遊佐吉が絡んでこのような結果になってしまった」

右京之輔は慙愧《ざんき》に堪えないように目を閉じた。

「藤川さま。ことは露顕《ろけん》いたしましたが、知っているのは我が南町でもほんのわずかな人間。藤川さまのことを隠蔽《いんぺい》しようと思えば可能です。そうすれば、宇野さまやお奉行の責任問題も起きません。しかしながら、一度でも事件を隠蔽しようものなら、その後も同じようなことが起こった場合、また平気で隠蔽をする体質を作り上げてしまうことになります。従って、どんなに我が奉行所が非難を浴び、犠牲者が出ようと、このたびのことはお目付に報告しなければなりませぬ」

剣一郎は両手を畳についた。

「藤川さまにお願いいたします。奉行所の危機でございます。どうか、お目付の取調べに対し、真実をありのままにお話ししていただけませぬでしょうか。それが、あなたさまの最後に出来る与力としての務めと存じます。決して、お腹などは……」

切腹せぬように、剣一郎は言ったのだ。

「そなたはわしに生き恥を晒せと申すのか。武士の情けをかけてくれぬのか」

「申し訳ございません。南町奉行所与力としての最後を全うしていただきとう存じます」

そのまま長い時間が経過した。剣一郎はじっと待った。やがて、右京之輔がため息をもらした。

「わかった。約束しよう。幸い、わしには子どもがいない。養子をもらう手筈になっていたが、縁組をする前でよかった」

右京之輔はほっとしたように答えてから、

「青痣……いや、青柳どの。思えば、このようにふたりきりで忌憚《きたん》なく話し合ったのははじめてであったな。もっと早くそなたと話し合っていたらと思うと残念だ。つまらぬ嫉妬《しっと》のせいで……」

「藤川さま」

「青柳どの。最後にそなたと話し合ったことは有意義であった。さあ、宇野どのと長谷川どのを呼んでもらおうか」

右京之輔は憑《つ》き物がとれたようなすっきりした表情で言った。

六

今回の事件は勘定奉行の勝手方掛かりと南町奉行所の与力・同心が関わるものであり、裁きは辰之口《たつのくち》の評定所で、大目付、町奉行、お目付の三手掛かりで行なわれた。ただし、奉行は北町奉行が受け持った。

結果が出たのはひと月後であった。

剣一郎は内与力の長谷川四郎兵衛から告げられた。

「青柳どの。藤川どのは罪一等を減じられ、遠島となった。包み隠さず事件の全容を自白したことと、殺害には直接関わっていないことがその理由だ」

「そうでございましたか」

剣一郎はほっとした。

不正貸付に関わった細井喜平太ら勝手方掛かりは士籍剥奪。南町の右京之輔の配下の同心ふたりは右京之輔の命令に従っただけということで蟄居《ちっきょ》、すなわち一定期間、屋敷の一室にこもっていなければならない刑である。ただし、家族の出入りは自由だ。

右京之輔が同心をかばったのだ。

「十徳屋長十郎は死罪。遊佐吉、それに殺し屋の青不動は獄門だ」

四郎兵衛が続けた。

「して、我が奉行所にお咎めは？」

お奉行や清左衛門に監督責任が科せられるか科せられはせぬか、そのことばかり、剣一郎は気になっていた。

「安心せい。お咎めなしだ」

四郎兵衛は弾んだ声で言った。

「ほんとうでございますか」

「なんでも、評定所での藤川どのの態度は立派だったらしい。宇野どのやお奉行に累《るい》が及ばぬように訴えていたそうだ」

「そうでございましたか」

「わしもほっとした。正直、藤川どのが不正に手を染めていたと知ったときはお奉行も責任をとらされるのではないかと心配した」

内与力の四郎兵衛はお奉行が赴任時に連れて来た家臣なのである。お奉行が任を解かれたら四郎兵衛も奉行所を去らねばならない。

「なんにしてもよかった」

そう言いながら、四郎兵衛は去って行った。

剣一郎はすぐに年番方与力の部屋に宇野清左衛門を訪ねた。

「宇野さま。よろしいでしょうか」

小机に向かって書きものをしている清左衛門に声をかける。

「おう、青柳どのか」

筆を置き、書いていたものを隠すように別の書類を上に重ねてから、清左衛門は振り返った。

「いま、長谷川さまからお聞きしました。処分が出されたそうで」

「うむ。藤川どのが遠島で済んでよかった」

「はい。温情裁きだったと思います」

「評定所での藤川どのの態度が立派だったそうだ。立ち会ったお目付から話を聞いた」

「そのようでございますね」

「ただ、不満がひとつだけある」

「ご不満とは？」

「わしへの裁きだ」

「何を仰いますか。宇野さまは……」

「あいや、わしには監督責任がある。藤川どのに罪を働かせてしまったことはわしの落ち度。わしにお役御免の沙汰が下って当然」

「宇野さま。ばかなことをお考えではないでしょうね」

剣一郎はたしなめるようにきいた。

「まさか、進退伺《うかが》いを出そうなどと？」

「青柳どの」

清左衛門は虚《うつ》ろな目を向けた。

「いけませぬ。断じていけませぬ」

剣一郎は膝を進め、

「もし、宇野さまがそのような真似をなされたらお奉行とてお役御免を願い出るかもしれません」

「いや、お奉行にはわしからやめぬように言うつもりだ」

「それより大事なことがございます」

「大事なこと？」

「藤川さまのお心です。よろしいですか。藤川さまはあえて生き恥を晒《さら》してまでもお取り調べから逃げなかったのは、宇野さまやお奉行に迷惑がかからぬようにするため。評定所でも、そのために証言なさったのです。宇野さまがおやめになることは、藤川さまのお心を無にすることに他なりません」

「青柳どの」

「失礼いたします」

剣一郎は強引に清左衛門の小机の上にある紙を奪うようにとった。やはり、進退伺いだった。

「宇野さま。いけません」

剣一郎は紙を引き裂いた。

「藤川さまのためにもいままでどおりの奉行所でなければなりませぬ」

「………」

「我らはまだまだ宇野さまを必要としております」

「青柳どの。すまぬ」

清左衛門は深々とこうべを垂れた。

「いけませぬ。どうぞ、頭をお上げください。それより、宇野さま。大事なお願いがございます」

「うむ？」

「事件が決着をみましたので、改めてお願いいたします。又五郎とおひさのことでございます」

「おお、そのことか。そうであった。さっそく、そのように取り計らおう」

「ありがとうございます」

剣一郎は礼を言い、立ち上がった。

夕方、帰宅をすると客が来ていた。

元旅籠町の札差『生駒屋』の内儀およよだった。多恵と話し込んでいたらしい。

多恵に代わって、剣一郎が客間に行くと、およよは平伏した。

「青柳さま。このたびのこと、ほんとうにありがとうございました。おかげで、夫も浮かばれます」

「いや、そなたには長い間、つらい思いをさせたと思っている」

「それにしても、十徳屋さんがあんなことをしていたのかと思うと複雑な気持ちです。夫が亡くなった直後は何かと慰《なぐさ》めてくれていたのです」

「まあ、蔵前の札差仲間にも衝撃が走ったことであろう。しかし、そもそもそなたがここにやって来なければ、あのまま不正は闇に葬られていたに違いない。そなたの夫を思う心が事件を解決に導いたともいえる」

「もったいないお言葉」

およよは目尻を指の背でぬぐった。

およよが引き上げてから、剣一郎は刀を持って玄関に向かった。

「お出かけですか」

「すぐ戻る。又五郎のところだ」

玄関を出て、門に向かう。

ちょうど、剣之助が奉行所から帰って来た。

「父上。どちらへ？」

「又五郎のところだ」

「そうですか。お聞きしました。お裁きが決まり、すべてうまくいったとのこと。今宵、父上と酒を酌《く》み交わすからと橋尾さまがいらっしゃるそうです」

「わかった」

「その席に、私もごいっしょさせていただきます」

「いいだろう」

剣之助に笑みを投げかけて、剣一郎は又五郎の屋敷に向かった。

剣一郎を、又五郎は恐縮して迎えた。

「よいよい、気にするな。すぐ引き上げる」

「はっ」

玄関で立ったまま向かい合いながら、剣一郎はきいた。

「花絵どのはどうなさったな?」

「はい。とうに実家に帰りました。藤川さまがいなくなり、相当気落ちしておりました。考えてみれば、可哀そうな女でした」

又五郎は同情するように言った。

「そうか」

そのうち、多恵に様子を見に行かせようと思った。

「又五郎。事件の片がついた。宇野さまがおひさどのを養女にする手続きをしてくれるそうだ」

「まことでございますか」

「うむ。それから、又五郎に嫁ぐのだ」

「おひさがどんなに喜ぶか。この屋敷で、おひさと又一郎といっしょに過ごせるかと思うと胸がいっぱいになります」

「早く、そのことを伝えて喜ばせてやるがよい」

「はっ、ありがとうございます」

剣一郎は又五郎の屋敷を出た。

自分の屋敷に向かいながら、今宵、左門と剣之助と酌み交わす酒はおいしくなりそうだと思った。

青不動

一〇〇字書評

切り取り線

購買動機（新聞、雑誌名を記入するか、あるいは○をつけてください）	
□（　　　　　　　　　　　　）の広告を見て	
□（　　　　　　　　　　　　）の書評を見て	
□ 知人のすすめで	□ タイトルに惹かれて
□ カバーが良かったから	□ 内容が面白そうだから
□ 好きな作家だから	□ 好きな分野の本だから

・最近、最も感銘を受けた作品名をお書き下さい

・あなたのお好きな作家名をお書き下さい

・その他、ご要望がありましたらお書き下さい

住所	〒				
氏名		職業		年齢	
Eメール	※携帯には配信できません	新刊情報等のメール配信を 希望する・しない			

この本の感想を、編集部までお寄せいただけたらありがたく存じます。今後の企画の参考にさせていただきます。Eメールでも結構です。

いただいた「一〇〇字書評」は、新聞・雑誌等に紹介させていただくことがあります。その場合はお礼として特製図書カードを差し上げます。

前ページの原稿用紙に書評をお書きの上、切り取り、左記までお送り下さい。宛先の住所は不要です。

なお、ご記入いただいたお名前、ご住所等は、書評紹介の事前了解、謝礼のお届けのためだけに利用し、そのほかの目的のために利用することはありません。

〒一〇一-八七〇一
祥伝社文庫編集長　坂口芳和
電話　〇三（三二六五）二〇八〇

祥伝社ホームページの「ブックレビュー」からも、書き込めます。

http://www.shodensha.co.jp/bookreview/

祥伝社文庫

青不動《あおふどう》　風烈廻《ふうれつまわ》り与力《よりき》・青柳剣一郎《あおやぎけんいちろう》

平成25年12月20日　初版第1刷発行

著　者　小杉健治《こすぎけんじ》

発行者　竹内和芳

発行所　祥伝社《しょうでんしゃ》

東京都千代田区神田神保町3-3
〒101-8701
電話　03（3265）2081（販売部）
電話　03（3265）2080（編集部）
電話　03（3265）3622（業務部）
http://www.shodensha.co.jp/

印刷所　堀内印刷
製本所　関川製本
カバーフォーマットデザイン　中原達治

ISBN978-4-396-33895-4 C0193

祥伝社文庫の好評既刊

小杉健治
札差殺し
風烈廻り与力・青柳剣一郎①

旗本の子女が立て続けに自死する事件が続くなか、富商が殺された。なぜ目撃者を二人の刺客が狙うのか？

小杉健治
火盗殺し
風烈廻り与力・青柳剣一郎②

江戸の町が業火に。火付け強盗を利用するさらなる悪党、利用される薄幸の人々のため、怒りの剣が吼える！

小杉健治
八丁堀殺し
風烈廻り与力・青柳剣一郎③

闇に悲鳴が轟《とどろ》く。剣一郎が駆けつけると、同僚が斬殺されていた。八丁堀を震撼させる与力殺しの幕開け…。

小杉健治
刺客殺し
風烈廻り与力・青柳剣一郎④

江戸で首をざっくり斬られた武士の死体が見つかる。それは絶命剣によるもの。同門の浦里左源太の技か!?

小杉健治
七福神殺し
風烈廻り与力・青柳剣一郎⑤

人を殺さず狙うのは悪徳商人、義賊「七福神」が次々と何者かの手に…。真相を追う剣一郎にも刺客が迫る。

小杉健治
夜烏《よがらす》殺し
風烈廻り与力・青柳剣一郎⑥

冷酷無比の大盗賊・夜烏の十兵衛が、青柳剣一郎への復讐のため、江戸に戻ってきた。犯行予告の刻限が迫る！

祥伝社文庫の好評既刊

小杉健治
追われ者 風烈廻り与力・青柳剣一郎⑬
ただ、〝生き延びる〟ため、非道な所業を繰り返す男とは？ 追いつめる剣一郎の執念と執念がぶつかり合う。

小杉健治
詫び状 風烈廻り与力・青柳剣一郎⑭
押し込みに御家人飯尾吉太郎の関与を疑う剣一郎。そんな中、伜の剣之助から文が届いて…。

小杉健治
向島心中 風烈廻り与力・青柳剣一郎⑮
剣一郎の命を受け、伜・剣之助は鶴岡へ。哀しい男女の末路に秘められた、驚くべき陰謀とは？

小杉健治
袈裟斬《けさ》り 風烈廻り与力・青柳剣一郎⑯
立て籠《こ》もった男を袈裟懸《けさが》けに斬り捨てた謎の旗本。一躍有名になったその男の正体を、剣一郎が暴く！

小杉健治
仇返《あだがえ》し 風烈廻り与力・青柳剣一郎⑰
付け火の真相を追う剣一郎と、二年ぶりに江戸に帰還する倅《せがれ》・剣之助。それぞれに迫る危機！ 最高潮の第十七弾。

小杉健治
春嵐《しゅんらん》（上） 風烈廻り与力・青柳剣一郎⑱
不可解な無礼討ち事件をきっかけに連鎖する事件。剣一郎は、与力の矜持《きょうじ》と正義を賭け、黒幕の正体を炙《あぶ》り出す！

祥伝社文庫の好評既刊

小杉健治
春嵐（下）　風烈廻り与力・青柳剣一郎⑲
事件は福井藩の陰謀を孕《はら》み、南町奉行所をも揺るがす一大事に！　巨悪に立ち向かう剣一郎の裁きやいかに？

小杉健治
夏炎《かえん》　風烈廻り与力・青柳剣一郎⑳
残暑の中、市中で起こった大火。その影には弱き者たちを陥《おとし》れんとする悪人の思惑が…。剣一郎、執念の探索行！

小杉健治
秋雷《しゅうらい》　風烈廻り与力・青柳剣一郎㉑
秋雨の江戸で、屈強な男が針一本で次々と殺される…。見えざる下手人の正体とは？　剣一郎の眼力が冴える！

小杉健治
冬波《とうは》　風烈廻り与力・青柳剣一郎㉒
下手人は何を守ろうとしたのか？　事件の真実に近づく苦しみを知った息子に、父・剣一郎は何を告げるのか？

小杉健治
朱刃《しゅじん》　風烈廻り与力・青柳剣一郎㉓
殺しや火付けも厭わぬ凶行を繰り返す、朱雀太郎。その秘密に迫った青柳父子の前に、思いがけない強敵が――。

小杉健治
白牙《びゃくが》　風烈廻り与力・青柳剣一郎㉔
蠟燭問屋殺しの疑いがかけられた男。だがそこには驚くべき奸計が……青柳父子は守るべき者を守りきれるのか!?

祥伝社文庫の好評既刊

小杉健治
黒猿《くろましら》 風烈廻り与力・青柳剣一郎㉕

神田岩本町一帯で火事が。火付け犯とされた男が姿を消すが、剣一郎は紅蓮の炎に隠された陰謀をあぶり出した！

小杉健治
白頭巾 月華の剣

新心流居合の達人・磯村伝八郎と、義賊「白頭巾」の顔を持つ素浪人・隼新三郎の宿命の対決！

小杉健治
翁面《おきなめん》の刺客《しかく》

江戸中を追われる新三郎に、翁の能面を被る謎の刺客が迫る！市井の人々の情愛を活写した傑作時代小説。

小杉健治
二十六夜待

過去に疵《きず》のある男と岡っ引きの相克、情と怨讐。縄田一男氏激賞の著者ならではの、〝泣ける〟捕物帳。

辻堂 魁
月夜行 風の市兵衛④

狙われた姫君を護れ！ 潜伏先の等々力・満願寺に殺到する刺客たち。市兵衛は、風の剣を振るい敵を蹴散らす！

辻堂 魁
天空の鷹《たか》 風の市兵衛⑤

まさに時代が求めたヒーローと、末國善己氏も絶賛！ 息子を奪われた老侍とともに市兵衛が戦いを挑むのは!?